动画剧本创作基础

主　编：王守平
副主编：任　戬　李　波　石献琮
编　著：熊　涛　成硕磊

辽宁美术出版社

总 主 编　范文南
总 策 划　范文南
副总主编　洪小冬
总 编 审　苍晓东　方　伟　光　辉　李　彤
　　　　　王　申　关　立

图书在版编目（CIP）数据

动画剧本创作基础 / 熊涛，成硕磊编著. -- 沈阳：
辽宁美术出版社，2013.7（2016.6重印）
ISBN 978-7-5314-5508-0

Ⅰ．①动…　Ⅱ．①熊…　②成…　Ⅲ．①动画片-剧本
-创作方法　Ⅳ．①I053.5②J954

中国版本图书馆CIP数据核字（2013）第138204号

出版发行　辽宁美术出版社

经　　销　全国新华书店

地址　沈阳市和平区民族北街29号　　邮编：110001
E-mail：lnmscbs@163.com
http：//www.lnmscbs.com
电话　024-23404603

封面设计　林　枫

版式设计　彭伟哲　林　枫　成硕磊

印刷

沈阳博雅润来印刷有限公司

责任编辑　孙　琳
技术编辑　鲁　浪
责任校对　徐丽娟
版次　2013年8月第1版　2016年6月第3次印刷
开本　889mm×1194mm　1/16
印张　7
字数　210千字
书号　ISBN 978-7-5314-5508-0
定价　52.00元

图书如有印装质量问题请与出版部联系调换
出版部电话　024-23835227

序 >>

　　动画艺术的历史已逾百年，从早期的光影投射、逐帧定格、二维手绘到数字三维动画，再到与真人实拍影像以及其他相关艺术门类的互动与融合，在技术、样态和形式上经历了无数种变化和推进，时至今日，动画已经成为整合最多艺术类型、展示最高技术成就、涵盖最纷繁媒介形态的影像艺术。在横向坐标系里，欧洲的独立实验动画，经典迪斯尼动画，20世纪七八十年代日本动画黄金时代，都是动画艺术史上一座座让人仰止的高峰。中国动画从诞生之初就有着很高的起点，以万氏兄弟为代表的一批早期动画大师不仅仅创作出一系列诸如《大闹画室》、《铁扇公主》等优秀动画作品，更为重要的是，他们为中国动画注入和塑造了独特而迷人的中国气质，经过新中国成立之后以及七八十年代的发展，"中国学派"蜚声海内外，也成了世界动画艺术史上一颗璀璨的明珠。

　　中国动画人才的培养大概分为三个阶段，第一个阶段是在20世纪50年代初，苏州美术学校开办动画科，后并入北京电影学院。第二阶段是20世纪60年代初期，上海电影专科学校设立动画专科，招收了两届学员，很多学生成为上海美术电影制片厂的中坚创作力量。第三个阶段是20世纪70年代末，北京电影学院开设大学程度的动画专业，上海美术电影制片厂与上海华山中学合作，开设了中等程度的动画职业班，同时在厂内开设动画训练班和动画设计训练班，培养了大批优秀的动画人才。目前，国内已经有150多所院校成立了大专以上学历动画院、系及相关专业。

　　辽宁美术出版社与大连工业大学艺术设计学院自2011年6月开始合作进行"大耳娃智趣学习宝典"项目的开发。在该项目中，大连工业大学艺术学院承担了部分模块的制作开发，该数字出版物于2012年1月推出，受到广大媒体的关注，中央电视台《新闻联播》、《新闻直播间》，北京电视台《晚间新闻》，辽宁卫视《辽宁新闻》都进行了深入专题报道。此外，《中国图书商报》、《辽宁日报》、《辽沈晚报》和凤凰网、人民网、新浪、搜狐以及中国新闻网、中国台湾网等200余家网站都从各种角度进行了大篇幅的报道。国家新闻出版广电总局（原新闻出版总署）的有关领导和一些幼教专家学者也对该产品给予了高度评价。经过近三年的合作，我们通过该项目的实践形成了一个动画、数字出版物的制作团队。该套动画系列教材是对该项目中的一些经验和成果的总结，并结合多年的教学经验形成的一套动画系列教材。

　　本套教材由具有多年教学经验的老师撰写，在知识点上注重动画的时代性和当下性。根据这些专业老师的教学经验和行业实践经验，加以总结提炼。本套教材注重从具有动画普遍意义和核心原理的角度入手，注重教材中知识结构的基础性和长远性。同时，总结各位老师多年在各自专业方向的教学和实践积累的经验，形成了本套教材的特点。在动画基础理论方面，结合中国国情和国外先进的理念，相对以往的动画教材具有明显的时代性。在涉及软件方面的动画知识时，尽可能从软件原理来讲解三维和二维动画，最大限度地消除软件更新所带来的知识陈旧的问题，使本套教材更具有生命力。

　　本套教材是由大连工业大学艺术设计学院数字媒体艺术系的专业老师为骨干和主体撰写的，他们有着过硬的专业素养，鲜活的教学经验，丰富的市场实践，敏锐的时代嗅觉，更为重要的是，他们有对教育事业、对动画艺术的满腔热忱，"高峰远水，逾行逾明"，希望本套教材的出版能为大连工业大学艺术设计学院的动画人才培养作出贡献，能为中国动画人才的培养作出贡献，能为世界动画人才的培养作出贡献。

大连工业大学艺术设计学院院长　王守平

前言

你听

故事起源于人类最初的想象与仰望，从自我编织到他者迷惘。可以想象，那应该是个繁星熠熠的夜晚，篝火旁的野味香溢，几个我们看不清皮肤颜色的远古人类添了把柴禾，顺便也添了行眼泪，起承转合便延溢开来，不断地说给我们听，片段着，讹误着，构成了碎镜中的世界，一片一片地拼凑起来，就叫作"时代"。

总会有一些执着于叙述的人，比如大宗师、先哲、盲诗人或者是主。那些岩洞、羊皮、龟甲或是青铜器也因此高傲地生动起来，叮叮当当。我们看不到，我们听得到；我们听不到，我们看得到。更多的人和后来的人被引导着学会了自我欺骗，自我记录和自我安慰，垒筑起来，就是所谓的"精神家园"。

本雅明认为，"故事的目标和报道新闻不同，不在于传达赤裸裸的事物本身。它使得所说的东西和叙述它的人的生命融合，而且在他的身上为故事的内容汲取养分。就是这样，故事印上了故事人的痕迹……所有真正的故事人都习惯事先说明自己是怎么听到这故事的，甚至把它描述为自己亲身经历过的事情。"所以你要成为说故事的那个人，你就不可避免地与他人分享和交互你的生命体验，神圣而不可复制。

动画和其他艺术门类不同，它复制和展现可见的欲望与想象，若即若离，如烟波江上。如此你便可知，无论是青鸟殷勤还是巴斯光年，都是如琢如磨而又如泣如诉的光影情怀。从某种意义上说，故事不需要创造，剧本也只是把你和这个世界亦真亦幻地记录下来而已。

目录 contents

第一章 动画剧本创作概论

本章重点 》

本章概括性地描述了剧本的定义、分类以及属性。在此基础上，着重分析了动画剧本的特点和核心要素，讲解了剧本创作的日常积累和训练方法，力来使学生建立一个对动画剧本的基本认知和感性框架。

剧本分类：文学剧本，分镜头剧本，完成台本。

剧本的属性：视觉性，开放性，交流性。

动画剧本的特点：类型的把握，想象力的要求，追求细节。

第一节　剧本概述

一、剧本的定义和分类

〝剧本是一种文学形式，是戏剧艺术创作的文本基础，编导与演员根据剧本进行演出。与剧本类似的词汇还包括脚本、剧作等。它是以代言体方式为主，表现故事情节的文学样式。〞（百度百科）在影视艺术领域，传统的分类方法把剧本分为文学剧本、分镜头剧本和完成台本几种样态。文学剧本是用文字表述和描绘未来影视作品内容的一种文学样式；分镜头剧本是在文学剧本的基础上，导演或者主创团队根据实际拍摄的需要，针对并服务于具体的拍摄，以镜头为基本单位的剧本形式；完成台本又称镜头记录本，是场记根据实际拍摄过程真实记录完成的，完成台本所呈现出来的形态和影视作品最终呈现出来的形态是完全一致的。

完成台本

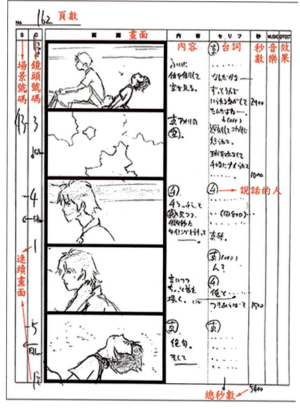

分镜头剧本

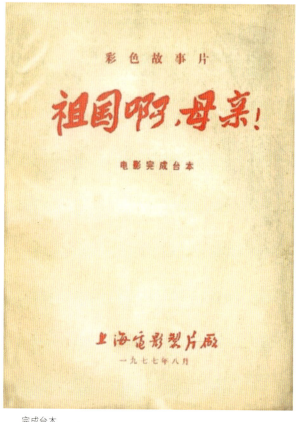

完成台本

二、剧本的几种属性

通常意义上，我们所说的剧本是指第一种样态，也就是文学剧本。它是影视作品创作的第一道工序，也是整个作品的基础。剧本具有以下三种属性：

视觉性。剧本创作是用视觉的方式思考，用文学的方式表达。它可供阅读，但最终目的是为了拍摄，因此要首先关注和处理好文字转化为影像的核心环节。

动画片《邋遢大王奇遇记》的影片截图1

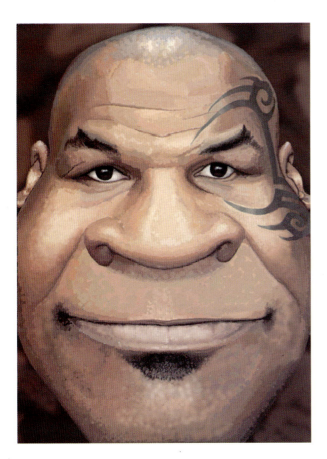

动画片《邋遢大王奇遇记》的影片截图2

开放性。剧本的创作从来都是集体的、持续的。创作者既要从各种途径获得灵感和汲取营养进行自我创作，也要留给导演、摄影、美工、录音、剪辑，甚至是宣传发行等部门发挥的余地，提供一个开放性的创作空间和文本构架。

动画片《邋遢大王奇遇记》的影片截图3

《邋遢大王奇遇记》编剧和其他主创人员在博物馆研究古墓文物（左起：编剧凌纾、美术设计姬德顺、导演钱运达、背景设计吴怀泽）

《邋遢大王奇遇记》编剧和其他主创人员考察的场景（左起：背景设计吴怀泽、编剧凌纾、美术设计姬德顺、导演钱运达）

《邋遢大王奇遇记》摄制组讨论剧本（前排左二：导演钱运达）

交流性。剧本的最大功能是为了满足拍摄的需要，是所有参与创作人员的一个交流的基础平台，所以可供交流和阅读是尤其重要的。

第二节　动画剧本的特点

动画剧本的创作基本上遵循影视剧本的创作规律，但是也有其特点。英国动画大师哈里斯在 20 世纪 50 年代提出了一些关于动画的核心词汇，这些词汇在今天对于动画剧本创作还有着十分重要的意义。

物体与人物的象征
显示无形的东西
透视
选择、夸张和变形
展示过去和预示未来
控制时间与速度

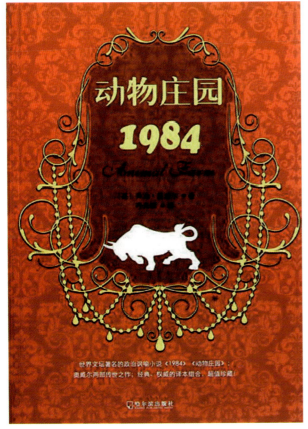

哈里斯的动画代表作《动物庄园》的中文原著封面

一、类型的把握

动画片从诞生之初发展到现在，产生了纷繁复杂的样式和类型，动画片的分类也有各种方式，如果按照制作手段分类，大致可以分为传统二维手绘动画、电脑动画、以摄影为基础的定格动画（又称停格动画）以及其他制作类型的动画。不同类型的动画由于其制作手段和材质的特殊性，在视觉呈现、故事选取、情感表达和应用领域等方面都有很大的差异。动画剧本的创作首先就要以这种动画类型上的差异为基础。如我们国家特有的水墨动画片，这种类型的动画片有其独特的气质和风格，剧本的创作要以这种气质和风格为基础，否则就会产生不和谐的效果，也会带来制作过程中的困难和偏差。传统手绘动画受到的限制相对比较少，而定格动画因受到技术和风格的限制，在展示复杂的动作场景和过于非写实的故事时就相对比较困难。电脑三维动画虽然可以展示复杂的动作和瑰丽的想象，但是也有诸如制作毛发、水流等效果的技术障碍，以及资金和时间上的一些要求限制。

折纸动画片《小鸭呷呷》的影片截图

二维动画片《猴子捞月》

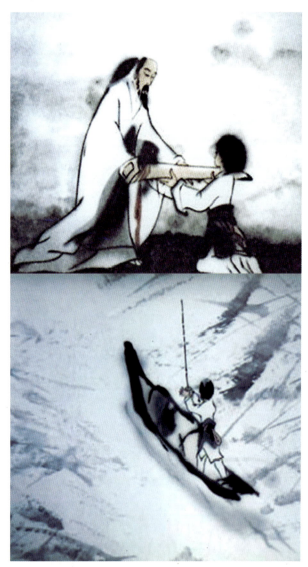

皮克斯公司的三维动画片

水墨动画片《山水情》

水墨动画片《牧笛》

定格动画片《阿凡提》

所以对于动画剧本的创作而言，要问的第一个问题就是——这是一部什么类型的动画片。

沙动画

剪纸动画片《草人》

沙动画

沙动画《SICAF Seoul 2003》

动画模板的组成要素

技术	材料和技术要求	方法／制作过程	情节主线（例子）
电脑合成动画	电脑，选定的软件；数码电影摄影术	剧本和视觉资料；创建数码环境、角色和效果等，然后进行电脑处理	在 CGI 发展的前期，对称的、平滑的和塑胶的形体比人物更容易设计，所以这项技术较适用于以前者为主演的动画，如《玩具总动员》
三维停格动画	三维布景；木偶或陶土模型；实物效果材料；可移动的摄影器材	剧本和视觉资料；制作布景、木偶、物体、道具和形体来进行真实拍摄	动画的核心是营造特别的"世界"。对于超现实的、梦境一般的，但同时又具体而真实的世界来说，三维停格动画是首选，如《爱丽斯》
手绘动画	纸；铅笔；绘画板；灯箱；摄影机	剧本和视觉资料；在最后制作动作和布局过程中更多采用经过进一步完善的材料	手绘在大部分动画中还起着重要的作用；任何能够想象到的东西都能被画出来，并且动起来，如《千与千寻》
实验性动画	任何材料；记录方法	剧本和视觉材料；更有可能为即兴之作，或为达到视觉效果而强调形式、颜色和形状等	这种方法通常将艺术家的工作过程放在首位，遵循美术规律，在形式上更主观、非线性和抽象，如《斯凡克梅耶的小屋》

［英］保罗 · 韦尔斯，著 . 贾茗葳，马静，译 . 剧本创作 . 大连理工大学出版社 .2011 年，64 页 .

二、想象力的要求

　　动画片和其他影视作品最大的不同在于想象力和想象空间。动画片可以呈现出所有我们人类可以想象到的，甚至想象不到的场景、人物或者故事。动画剧本的创作也应该而且必须把这种想象力发挥到极致，举个简单的例子，比如四大名著之一的《西游记》，它的故事创作就是一种动画片方式的创作，无论是作品中所创造出来的孙悟空、猪八戒、观音菩萨等天马行空的人物形象，还是天宫地府的魔幻空间，都是人类想象力伟大而完美的展示。当然，并不是说所有的动画片必须都是非现实题材的，而是无论何种题材，何种故事，失去了想象力，动画片就失去了灵魂。

　　所以我们在创作动画剧本的过程中，要问的第二个问题就是——这个故事有足够的想象力吗？

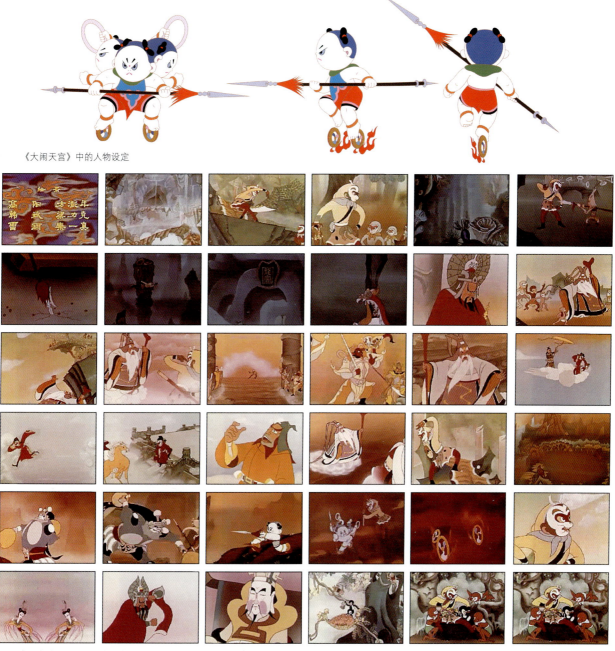

《大闹天宫》中的人物设定

动画片《大闹天宫》的影片截图

三、追求细节

　　动画片的独特属性决定了动画剧本的创作要对细节有着精确和细腻的把握。动画剧本的创作是一件非常困难的工作，这个困难的一个最重要的表现就是要时刻关注你的角色，时刻调动想象力和注意力去激活每一个细节，因为每一个精巧细节的出现都可能是整部作品成功的一个巨大的帮助。比如《功夫熊猫》的开场部分，阿宝从美梦中被叫醒，从阿宝起床到出门短短几十秒的段落中，一共展示了三个细节：第一个细节中阿宝想鲤鱼打挺帅气地起床，但是尝试了三次都失败了；第二个细节就是阿宝神经兮兮地在盖世五侠的模型前面模仿它们的动作，结果被对面窗户里的猪妈妈看到了，显得有点儿尴尬；最后一个细节是临出门之前，阿宝想把飞镖扎在墙上，几次都没有成功。就是这么简单的几个细节，将阿宝的爱好、性格进行了展示，也为后来出现的人物进行了铺垫。最为重要的是，这几个细节把阿宝和功夫之间的微妙关系展示了出来，阿宝从心底里热爱着功夫，虽然他资质平平，甚至说有些驽钝，但是只要有梦想，肯努力，就一样能够成功，这也是整部电影的核心主题。而且，这几个小细节设计得巧妙自然、节奏流畅、妙趣横生，可见创作者的用心和功力。

阿宝在窗前练功

阿宝在窗前对着模型练功

美梦中的阿宝

被猪妈妈看到

阿宝试图功夫式起床失败

阿宝扔飞镖

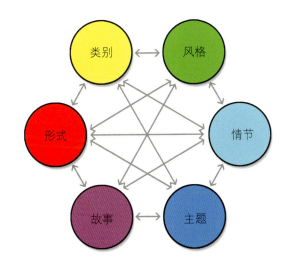

菲尔·帕克的创作模板

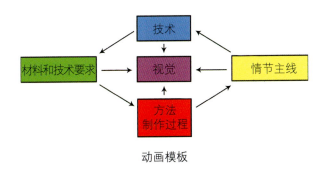

动画模板

［英］保罗·韦尔斯，著．贾茗葳，马静，译．剧本创作．大连理工大学出版社．2011年，64页．

都愿意相信米老鼠的原型就是那只在堪萨斯的简陋画室里偷面包屑的小老鼠，它总有一次会闯进沃尔特·迪斯尼的梦乡，因为它早已成为陪伴迪斯尼走过那段怀才不遇、郁郁寡欢岁月的灵魂深处的伙伴。它由谁的画笔第一次真正描绘在画纸上也并不重要，可能很少有人能够意识到，它驾驶着小飞机在银幕上的起飞，竟承载起迪斯尼公司将近一个世纪的辉煌。它给迪斯尼公司带来了近900亿美元的市值、35座奥斯卡奖杯，给全世界几代的孩子带来无数的欢乐和美好的记忆，这就是米老鼠的力量，这就是角色的力量。难怪沃尔特·迪斯尼在一个电视节目中谈到迪斯尼公司的时候，说出了那句经典的话语："我只希望我们永远不会忘记一件事：那就是这里所有的一切都是由一只老鼠开始的。"

各种形象的米老鼠

第三节 动画剧本的核心要素

　　如果非要提炼出动画剧本创作中的核心要素，那就是角色。没有任何一部伟大的动画片不是以成功的角色为基础的，而提到经典的角色，人们一定会想到那只可爱的米老鼠。无论关于米老鼠诞生的故事以何种方式讲述，人们

第四节　剧本写作的日常积累

一、广泛阅读，善于观察

要想创作出好的剧本，除了需要经过专业的训练与学习，掌握创作规律和技巧之外，还必须要有日常的储备和积累。一个好的编剧要会讲述一个好的故事，但是会讲述一个好故事的基础是必须有好的故事来源，最丰富最直接也是最生动的故事无疑来源于人生经验。人生经验的获取方式有直接经验和间接经验，更多的时候，编剧创作故事、获得灵感来自于间接经验，这一方面要求我们做大量的阅读，当然这种阅读是广义的，不仅仅指阅读书籍，而是指通过各种渠道广泛了解和感知这个世界；另一方面还要善于观察，即使没有与众不同、精彩纷呈的人生经验，也能从日常的平凡琐碎中感受和观察到能应用于创作的灵感和素材。

二、注意收集整理素材

收集和整理素材对于编剧来说是极其重要的，不仅要养成习惯，还要学会技巧。要随时留意值得记录的材料，并且定期分类整理。有了一个故事的灵感和原点，不妨先尝试延展一下，看看是否能够发展成一个相对完整的故事，对原始材料的粗加工往往会是一个精彩成熟的故事的开始。

一个男孩的一天与一个女孩的一天

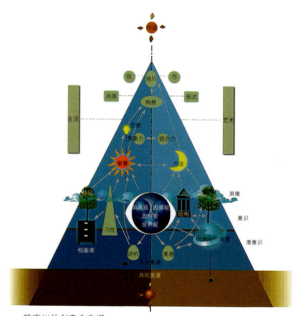

赖声川的创意金字塔

思考与练习：

1. 阅读文学剧本、分镜头剧本和完成台本，试着感受各种剧本样式的不同。
2. 寻找喜剧类故事的素材，引申出几个小故事。
3. 寻找一些你认为重要的动画关键词，并且以现有的动画作品中的例子加以说明。

第一章 动画剧本的主题

一 本章重点 』

本章的核心重点就是动画剧本的主题。主题首先是必要的，对于剧本创作来说，是起到积极作用的根基要素。主题的确立和创造有很多方式，本章以原型和颠覆、穿越时间和空间为例分析主题创作的几种方法。

通常来说，主题的呈现都不是直观的，单向度和浅层次的，所以在剧本创作的过程中，主题的隐匿和逆性呈现是两种不错的技巧。需要特殊说明的是，主题并不一定都如亲情、友情、爱情和荣誉般宏大而显性，主题可以更加微小、具体或者就是一种个人情怀。

第一节 主题的选取

一、主题的必要性

主题是否真的必要？每个故事一定需要有主题吗？其实，需不需要主题是一个伪命题，只要故事形成，主题就必然蕴含其中，任何一个故事都是有主题的。我们更多所要面对的是对主题如何利用的问题，从剧本创作的角度来说，主题不仅不是负担，而且还会给编剧提供很大的帮助。有了主题，故事就有了核心，诸如风格、节奏、价值观之类的问题就有了明确的方向；有了主题，角色的设定就有了前提，人物的成长变化和最终归宿也就有了走向；有了主题，情节的发展就有了依据，线索也会变得明确而清晰。

二、主题的选取

主题大概有这样几种分类：表达价值类主题、表述情感类主题、思考探索类主题和诉诸商业类主题。需要说明的是，主题一旦确立，剧本就要紧紧围绕主题进行创作，不能有丝毫的偏离，叙事体量较大的故事，通常不止包含一个主题，会有主有次。对于动画剧本创作来讲，由于受众和艺术分工的关系，主题通常都是偏娱乐化，偏低幼化，弘扬和倡导积极阳光主流的价值取向的。这类主题虽然是主流，但是选取不同的主题往往能形成个人的独特风格和气质，创作出同样经典的作品。比如日本动画大师宫崎骏，他的作品主题通常都以宏大的人文关怀为总视角，充满人类与自然、人类与自我的关系的思辨，这为他赢得了巨大的荣耀——《千与千寻》在 2002 年第 52 届柏林电影节获得最高奖项金熊奖，这也是电影史上首部动画片获得电影节最高奖项。更难能可贵的是，几年之后，宫崎骏大师凭借《悬崖上的金鱼公主》一举拿下威尼斯电影节最高奖项金狮奖，成为动画史上的传奇。

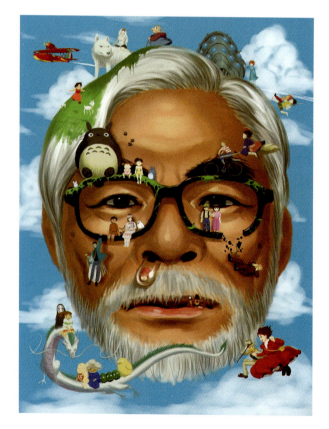

宫崎骏手捧金狮奖

动画片《千与千寻》的影片截图

第二节　主题的创造

一、原型的颠覆

　　《怪物史莱克》是梦工厂在 2001 年制作的动画片，当年席卷了近 3 亿美元票房，一举打破了《狮子王》所保持的动画片票房纪录，并且获得了当年的奥斯卡最佳动画长片的奖项。《怪物史莱克》的主题其实很简单也很传统，关乎爱情，关乎勇气，关乎不同生命的彼此关系，它被包裹在一个很简单也很传统的叙事外壳之下——王子救公主。这种主题的选取就是选取原型，选取母命题，类似的原型主题还有诸如生死、友情、亲情、荣誉、责任等，都是关乎人类的普遍的生存体验，任何一个创作者几乎都无法绕开而只能直接面对，但是如何在原型主题中获取新意，颠覆和解构是一个常用的和相对较现代的处理方法，比如在《怪物史莱克》中，王子变成了一个绿色的怪物，甚至公主也有怪物的一面，这就产生了新意和可供发挥的巨大空间。

《狮子王》

《怪物史莱克》

二、穿越时间与空间

　　动画片主题的创作有一个巨大的优势，就是它可以打破时间和空间的限制，探讨那些在现实生活中和当下世界里无法探讨和无法直观感受的主题。《攻壳机动队》就是这样的一个例子，虽然动画片的故事设定的时间只在未来30年左右，和当下似乎有所关联，但是在当代的世界中，科技还没有发展到片子所呈现出来的人与电脑及机器之间的那种关系。《攻壳机动队》中关于人类命运的主题以一种特有的姿态和方式呈现，为我们构想或者说预言了一个很难想象但似乎又难以避免的未来景象。这种充满想象力和独特气质的主题给一对喜欢漫画和电影的兄弟带来了极大的灵感，以至于后来他们创作出了同样让人眼前一亮、堪称经典的《黑客帝国》系列电影。

《攻壳机动队》海报

第三节　主题的呈现

一、主题的逆向呈现

　　上海美术电影制片厂于1962年摄制了动画片《没头脑和不高兴》，片子一经上映就广受好评，经久不衰，即使好多人忘记了片子中的具体故事，但是也一定记住了这两个主角——"没头脑"和"不高兴"。光从名字上我们就可以知道这两个主角各有各的坏习惯，整个片子的故事都是围绕坏习惯引发的各种问题而展开的，片子的主题非常明确，与主角的名字和描绘的囧事正好相反，就是——要有头脑，要高兴。通过这样一种逆向的方式呈现的主题，远比简单常规的说教要有效和有趣得多，这也是整部片子深受人们喜欢的原因之一。

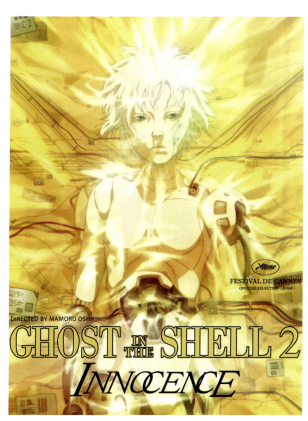

《攻壳机动队》海报

《没头脑和不高兴》

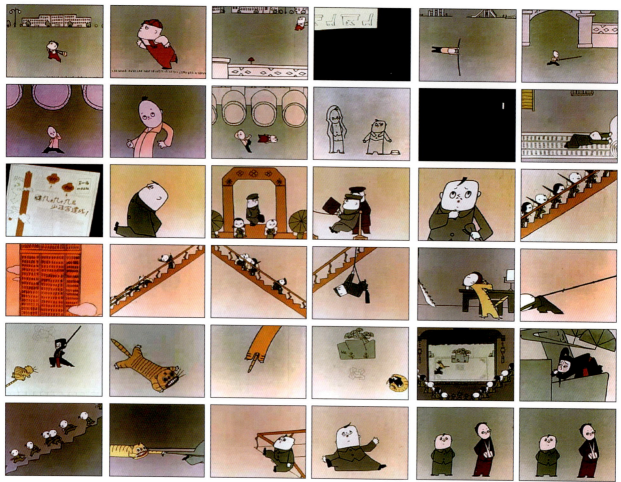

动画片《没头脑和不高兴》的影片截图

二、主题的隐性呈现

主题的隐性呈现有一个非常好的例子，如上海美术电影制片厂出品的动画片《小蝌蚪找妈妈》。片子中的故事非常简单，就是几只小蝌蚪去寻找妈妈，途中它们把金鱼、螃蟹、乌龟误认为是自己的妈妈，最终在大家的帮助下和妈妈团聚。从表面上看，这是一个关于亲情的故事，但是片子的主题隐匿在表层的叙事之中，让孩子了解青蛙的生长过程才是本片的核心主旨。这种隐匿主题的技巧和方式，

可以使孩子在轻松愉快的观影过程中获得知识，无疑使该动画片成为主题呈现技巧中的经典案例。

著名剧作家罗伯特·麦基对主题有如下总结：

成长——成长故事的成年礼；

改过自新——主角幡然悔悟由"坏"变"好"；

惩罚——正面人物转变成反面人物并受到惩罚；

考验——意志力与诱惑／妥协的故事；

教育——深刻反思消极的人生观，变得积极；

幻灭——世界观由积极变为消极。

水墨动画片《小蝌蚪找妈妈》的影片截图

思考与练习：

1. 寻找并且归纳你喜欢的几部动画片的主题。

2. 思考动画艺术短片的主题和大多数动画片的主题有何异同。

第二章 动画剧本的角色

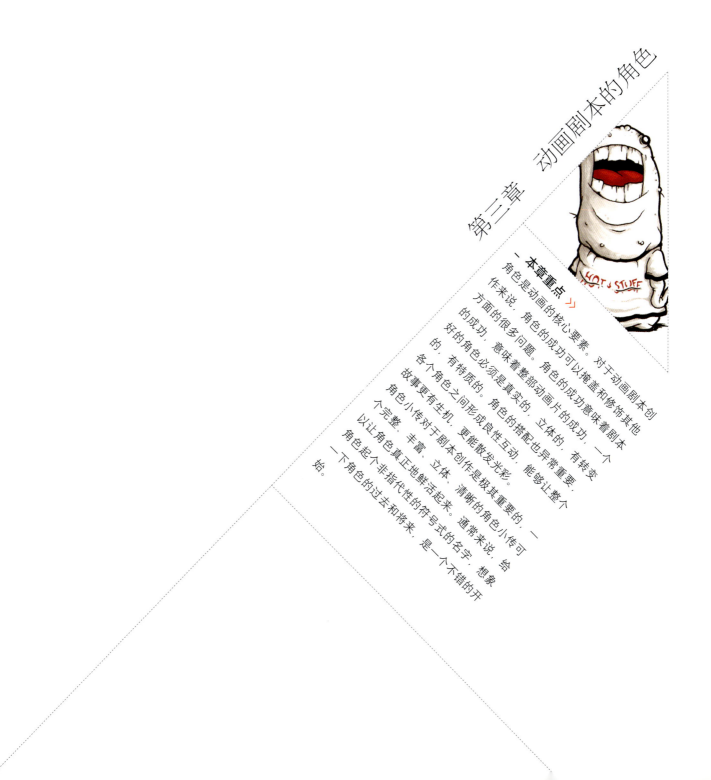

本章重点

角色是动画的核心要素。对于动画剧本创作来说，角色的成功可以掩盖和修饰其他方面的很多问题。角色的成功意味着整部动画片的成功，一个的成功，意味着整部动画片的成功。立体的、有特效好的角色必须是真实的、立体的、有特效的、有特质的。角色的搭配也异常重要，各个角色之间形成良性互动，能够让整个故事更有生机，更能散发光彩。

角色小传对于剧本创作是极其重要的，一个完整、丰富、立体、清晰的角色小传可以让角色真正地鲜活起来。通常来说，给角色起个非指代性的符号式的名字，想象一下角色的过去和将来，是一个不错的开始。

第一节 角色的作用

一、角色的一种动画分类

　　动画作者斯坦·海沃德采用一种〝归类技巧〞对动画角色进行分类（海沃德，1977年）。他将动画中的角色、行为一一和现实与想象对应，排列组合出几种动画中的角色类型设定。这种分类的方法对于创作初期来说十分有益和重要，因为动画中的角色以及行为与真人影像有所区别，有多种塑造的可能，划定了某种类型之后，后面的创作才可以展开。举一个简单的例子，我们的主角如果设定为一只熊，那么它能否说话？能不能听懂人类的语言？它的行为是动物行为还是人类行为？这些都是动画剧本创作过程中首先和必须要考虑的。

角色种类		
生物体	行为	例子
真实	真实	《猫狗大战》
真实	想象	《史酷比》
想象	真实	《怪物公司》
想象	想象	《怪物史莱克》

《兰戈》海报

二、角色的需求决定了情节

根据马洛斯的需求层次理论 (Maslow's hierarchy of needs)，人的需求分为五种，像阶梯一样从低到高，按层次逐级递升，分别为生理需求、安全需求、社交需求、尊重需求和自我价值实现的需求。另外还有两种需要：求知需要和审美需要。这两种需要未被列入到他的需求层次排列中，他认为这二者应居于尊重需求与自我价值实现的需求之间。无论是剧本中角色的何种需求，都决定了情节的设计，比如《兰戈》中，兰戈虽然只是一只被养在笼子里的宠物，但是它一直幻想着成为一个英雄，从它来到德特镇开始，这种自我价值实现的需求决定了整个故事情节的发展。

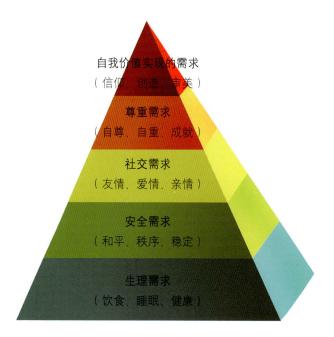

马洛斯的需求层次理论图

《兰戈》海报

《兰戈》海报

三、角色的选择转折了情节

　　角色的一个重要作用就是对情节的推进，比如在《飞屋环游记》中，男主角卡尔的几次选择成了情节中重要而有意义的转折点，影片当中最为匠心独具的设计就是卡尔对于是否去探险、是否去寻找"仙境瀑布"的选择，在卡尔初遇妻子艾丽的时候，两人都怀着冒险的激情和梦想，如果在这时候就踏上冒险之旅，故事是顺理成章的，也是通常的做法，但是《飞屋环游记》巧妙而成功的设计就是在主人公的选择上，他们最终没有出发，而是把那份激情、那份梦想埋藏在心底，过上了普通人的生活，这种选择反而更有说服力和悲剧的厚重力量感。我们大多数人不是也和卡尔、艾丽一样，年少时候的无数梦想和激情都在岁月和现实当中——被粉碎，又有几个人能真正为了最初的梦想去一直努力坚持并实现它呢？当卡尔垂垂老矣，艾丽已经去世，故事按理应该走到尽头的时候，卡尔又一次做出了选择，他选择飞屋环游，去冒险，去"仙境瀑布"，去追逐他和艾丽共同的梦想。于是，老卡尔深藏了多年的梦想——同时也是我们一直的期待，随着飞屋一起起航了。

动画片《飞屋环游记》的影片截图

《飞屋环游记》海报

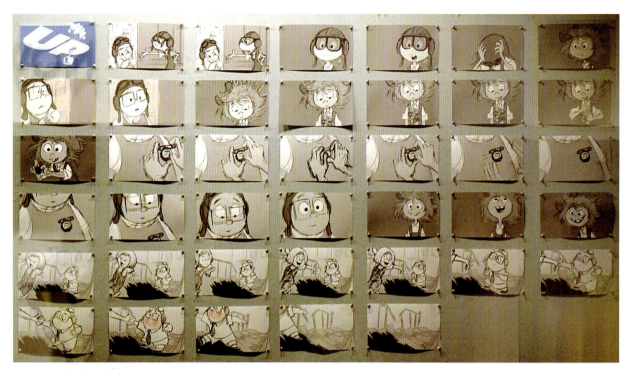

《飞屋环游记》分镜稿

《飞屋环游记》中的人物设定

第二节　角色的塑造

一、角色的特质要由内而外

由于动画片的特殊属性，角色的创作占据着无与伦比的重要地位。也正是因为如此，从天上到地下，从海底到太空，从植物到动物，从机器人到各种奇形怪状的非生物，几乎所有的角色都在动画片中出现过，即使创作者挖空心思，要从外在形态上创作出有特质的角色也是非常困难的一件事情，所以当下的动画剧本创作对于角色的创新和特质的赋予更多地都深入到内在层面。比如《了不起的狐狸爸爸》中狐狸爸爸的角色塑造，就是一个有着吸引人的内在特质的成功案例。本片的角色塑造技巧分为两个层面，第一个层面是打破，就是首先打破狐狸惯常在人们心目中的形象，狐狸通常被大众打上阴险狡诈的烙印，和狼几乎一样，是典型的反面角色，但是本片中的狐狸爸爸完全是一个正面角色，与它对立的几个农场主被塑造成了反面角

狐狸爸爸

狐狸妈妈

《了不起的狐狸爸爸》海报

色。二元对立的正反形象设置，或者说传统意义上的所谓好人与坏人的说法，早已被摒弃。这里所谓的正面和反面形象，是指通过角色的行为以及价值取向最终传达出来的正面和负面的意义，从这个角度上讲，《了不起的狐狸爸爸》的角色塑造打破了角色的固有标签，形成了自己的特质。第二个层面是丰富，片中的主人公狐狸爸爸的内心世界极其丰富，这也让这个角色有着与众不同的深层次的光彩。狐狸爸爸是个天才大盗，但是为了家庭归隐江湖，可是作为一只狐狸，一个偷盗高手，它内心深处的不安元素和邪恶因子还是一直在躁动不安。它作为一个丈夫、一个父亲有义务为家庭作出表率，传递给大家健康积极的价值观，但是同时为了给家人更好的生活，它有的时候还必须要铤而走险。各种矛盾纠结于心，让狐狸爸爸甚至开始了终极问题的思考，它和凯利在皓月当空的大树下的一段谈话颇有意味：

狐狸爸爸：我是谁？凯利。

凯利：什么是谁？怎么说？

狐狸爸爸：为什么是狐狸？为什么不是马、甲虫或者秃鹰？我这么说有存在主义的意思，我是谁？一只狐狸要怎么才能快乐？而不需要……原谅我这么说……叼着一只鸡。

凯利：我不懂你在说什么，但是好像不太合法。

一只大谈存在主义，进行灵魂反思和内心拷问的狐狸，单是这段台词也足以让这只狐狸与众不同，让人印象深刻了。

二、角色要有转变

观众希望看到的东西永远是改变的、新颖的，如果辛巴直接继承王位成了狮子王，如果擎天柱无敌于天下，如果樱木花道没有学会庶民的投篮，如果丑小鸭没有变成天鹅，这些故事将会逊色多少？

角色的转变比较典型也是比较极端的例子是《绿野仙踪》，桃乐丝的三个伙伴都有着明确的需求：稻草人想要一个聪明的脑袋，铁樵夫想要一颗有感觉的心，小狮子想要找回勇气和胆量。最终它们都完成了转变，和主人公桃乐丝一起完成了心愿。

《绿野仙踪》

《绿野仙踪》

第三节　角色的搭配

　　角色的搭配要遵循几个原则：设置合理，关系巧妙，相对全面，有主有次。设置合理是说在一个故事当中，所有角色的出现必须在一个合理的，且有存在需要的情况下出现，否则就没有必要设计。关系巧妙是指角色与角色之间的关系既要紧密相连，又要有让人信服的设置。相对全面是指角色的设置要涵盖各个层面，比如各个年龄层、各个性别层、各个物种层、各个时间层等。有主有次说的是比例分配的问题，次要角色需要有闪光点，但是决不能占据主角太多的戏份和篇幅。

　　《灌篮高手》作为热血竞技类动画中的翘楚，一经推出就深受观众喜爱，经久不衰。抛开其他元素不谈，《灌篮高手》中角色搭配的成功是十分值得分析和研究的。

　　篮球是五对五的比赛，这为《灌篮高手》的角色设计既提供了基点，也增加了难度。篮球比赛的属性决定了故事当中至少要有五个主角，如果再加上对手、教练、啦啦队队员以及其他女性角色，这个故事的角色量是巨大的，而这也正给了作者一个发挥角色设计和搭配能力的机会。故事首先做了主次的安排，男一号是樱木花道，男二号是流川枫（虽然很多女生对流川枫的喜爱程度要大于樱木花道，但整部动画片仍将流川枫放到了较次要的位置上），男三号是赤木刚宪，另外两名队员——三井寿和宫城良田可以共同看作是男四号。熟悉篮球的人大概都了解篮球场上的球员是有位置分工的，这五个人对应的位置是中锋赤木刚宪，前锋樱木花道和流川枫，三井寿和宫城良田是后卫。在这支队伍中，赤木刚宪人高马大，技术扎实，是内线的顶梁柱，流川枫攻守兼备，超一流的实力让他在自己的位置上游刃有余，樱木花道虽然是门外汉，但是靠其优于常人的身体素质负责篮板球和防守，宫城良田负责组织，三井寿是投三分球的好手。这样的阵容配备堪称豪华，有内有外，能攻善守，单从

配备上看，比当年乔丹领衔的芝加哥公牛队都有过之而无不及。角色之间的关系设计得也十分巧妙，尤其是樱木花道和流川枫这一对主角的关系，两个人从头到尾都处在不和谐的矛盾之中，但是两个人却都各自受到观众和读者的喜爱，而且分别喜欢两个角色的受众群体却对对方没有丝毫的敌意，更为重要的是，还有相当一大部分观众对这一对水火不容的角色都非常喜爱，这不能不让人佩服原作者独具匠心的设计。

《灌篮高手》中配角的塑造也是亮点颇多，比如樱木军团，比如仙道、阿牧、泽北，这些配角出场的机会不多，但是都以其独特的气质和巧妙的情节让人印象深刻，有很多把仙道和阿牧的对决看成是整个故事中篮球比赛的巅峰时刻，这就好比决战紫禁城之巅没有西门吹雪和叶孤城，华山论剑没有五大高手和郭靖，依然是万众期待，精彩纷呈，配角的设计能做到这种程度，也是一种巨大的成功。

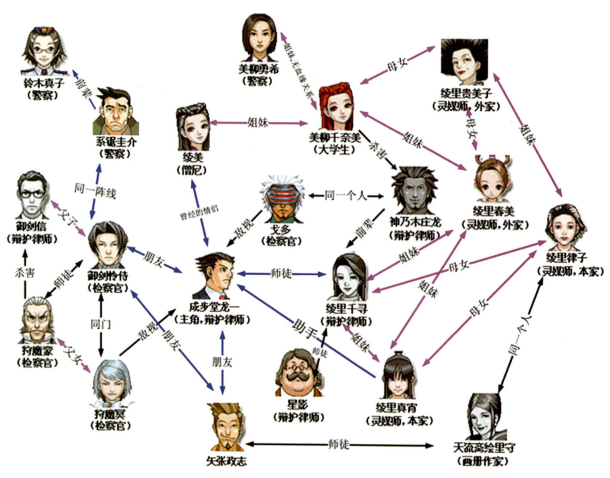

角色关系构建范例

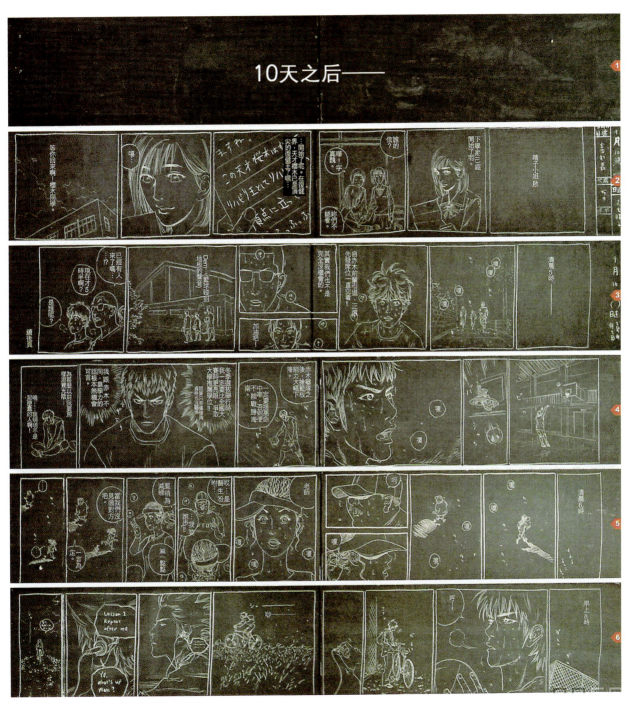

《灌篮高手》黑板画（井上雄彦绘，佚名译）

《灌篮高手》

第四节 角色小传

角色小传就是对角色进行相对全面的描述，为创作和设计的角色编写一部小的传记。角色小传没有固定的格式，也不是剧本创作过程中的固定流程。即使不做角色小传的写作，关于角色的描述和介绍也会出现在人物介绍或者故事梗概之中。编写角色小传时需要注意以下几个问题：第一，要对掌握的材料进行取舍，然后有效有序地排列；第二，通常要包含角色的横切面和纵切面（横切面是指角色的职业特征、性格特点、行为习惯、人物埋藏在心底的愿望和人物性格等。纵切面是指人物的过去和现在，比如家史、教育程度、个人遭遇、成长经历、人物关系等）；第三，角色小传的写作要有文学性，一个文采斐然的角色小传既是对投资者及合作者的一种有效的吸引和展示，也是使创作的角色更加鲜活和印象深刻的法宝。

"从本质上而言，是主人公创造了其他人物。其他所有人物之所以能在故事中出现，首先是因为他们与主人公的关系以及他们每一个人在帮助刻画主人公复杂性格方面所起的作用。把影片的全体人物想象为太阳系，主人公就是太阳，配角就是环绕太阳的行星，小角色就是环绕行星的卫星——所有这一切都由位于中心的主人公的引力固定在其各自的轨道上，他们每一个人都对其他人性格的彰显起着推波助澜的作用。

试看这一假设的主人公：他性格开朗、乐观豁达，然后变得郁郁寡欢、愤世嫉俗；他富有同情心，然后又变得残酷无情；时而无畏，时而畏缩。这一四维角色需要各种人物环绕着他来刻画他性格中的矛盾，使他得以在不同的时间和不同的地点对这些人物以不同的方式采取行动。这些配角人物必须使他成为一个塑造得很完美的人物，以使他的复杂性连贯一致，真实可信。

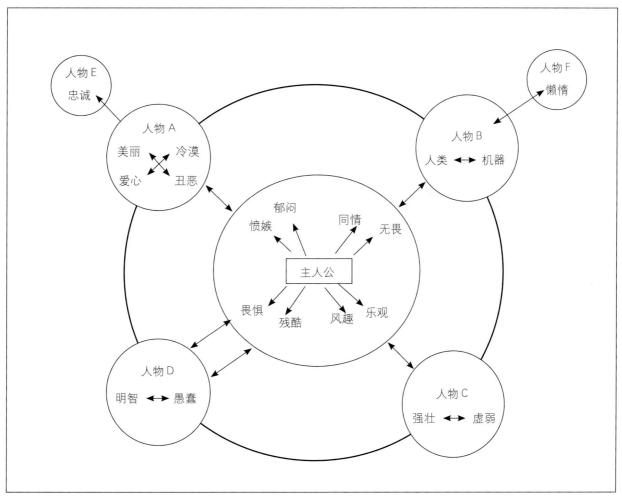

［美］罗伯特·麦基，著．周铁东，译．故事．中国电影出版社．2001年，445页．

例如，人物Ａ招致了主人公的悲伤和愤世嫉俗，人物Ｂ引出其机智而满怀希望的一面。人物Ｃ激发其爱心和勇气，而人物Ｄ迫使其先是因恐惧而退缩，而后因愤激而反抗。Ａ、Ｂ、Ｃ、Ｄ四个人物的创造和设计上完全由主人公的需要而决定。他们之所以存在，从原则上而言，完全是为了主人公通过动作和反应使中心角色的复杂性变得明确可信。

尽管配角的分量必须小于主人公，但他们也可以是复杂的。人物Ａ可以是两维的：外表美丽而仁爱，内心却丑陋而可恶，压力之下的选择揭示出其冷酷变态的欲望。即使是一维也能创造出一个完美的配角。人物Ｂ可以像终结者一样，只有一个单一的、却又迷人的矛盾：机器与人的矛盾。如果终结者仅仅是一个来自于未来的机器人或者是一个来自于未来的人，那么它也许并不有趣。但是，二者兼备，而且机器／人之维使它成为一个奇妙无比的反角。"

（[美]罗伯特·麦基，著．周铁东，译．故事．中国电影出版社．2001年，445页．）

第五节　台词设计

一、台词的分类

台词可以分为对白、独白和旁白三种。

三种台词各自承担的功能不同，对白是剧本中最常用的占据篇幅最大的部分，交代背景，推进故事，塑造人物，几乎大部分功能都要通过对白来完成。独白通常是角色内

心世界的展示，或者是用来介绍背景，省略情节和画面。旁白和独白的功能接近，只不过是视角不同，旁白的说教意味和宏观性更强，独白更具感染力，更加个人化。

二、台词的作用

台词的作用可以分为三个方面：交代背景，推进故事，塑造人物。通常来说，大部分的台词要同时承担几种任务，好的台词需要做到口语化，忌直白，忌概念，重机趣。当然像《机器人瓦力》这种前20分钟没有对话，前40分钟没有人类对白的动画片是一个极端的例子，在许多动画片中，动物主角的语言能力远比人类要强得多，话痨、饶舌歌手、诗人等比比皆是。

动画片《机器人瓦力》的影片截图

思考与练习：

1. 创造出一个你最喜欢的和一个最讨厌的角色，尽可能地丰富他们。

2. 寻找一两个经典动画片段，改写其中的一两个场景和情节，尝试设计其中的对白，并试着与原片段进行比较。

第四章 动画剧本的情节

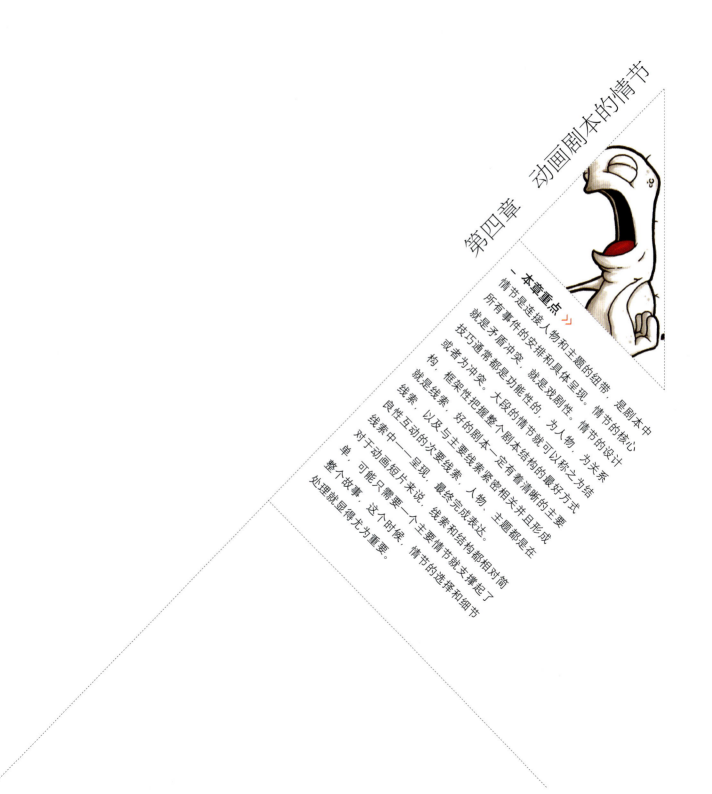

本章重点 》

情节是连接人物和主题的纽带，是剧本中情节的核心。情节的设计所有事件的安排和具体呈现，就是戏剧性。情节的设计就是矛盾冲突，为人物，为关系技巧通常都是功能性的，为人物，或者为冲突。大段的情节就可以称之为结构。框架性把握整个剧本结构的最好方式就是线索。好的剧本一定有着清晰的主要线索，以及与主要线索紧密相关并且形成良性互动的次要线索、人物、主题都是在线索中一一呈现，最终完成表达。

对于动画短片来说，线索和结构都相对简单，可能只需要一个主要情节就支撑起了整个故事，这个时候，情节的选择和细节处理就显得尤为重要。

第一节　情节的核心

　　情节是对事件的安排，情节的核心就是戏剧性，就是矛盾冲突。人物在矛盾中得到塑造，故事在矛盾中得到推进，问题在矛盾中得到解决，主题在矛盾中得到彰显。在优秀国产动画片《哪吒闹海》中，整个故事都是依靠矛盾冲突来进行推进的，影片以李靖和哪吒的矛盾为始，以哪吒和四海龙王的矛盾解决为终，片名中的一个"闹"字恰巧是矛盾冲突的最好解释和映照。

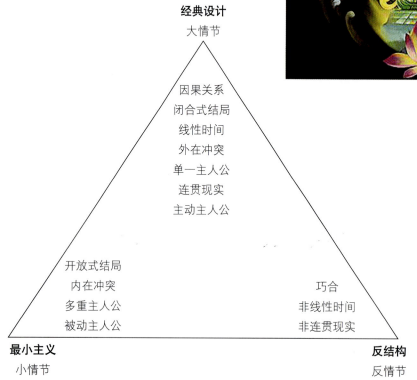

经典设计
大情节

因果关系
闭合式结局
线性时间
外在冲突
单一主人公
连贯现实
主动主人公

开放式结局
内在冲突　　　　　　　　　　　　巧合
多重主人公　　　　　　　　　　非线性时间
被动主人公　　　　　　　　　　非连贯现实

最小主义　　　　　　　　　　　　　　　　反结构
小情节　　　　　　　　　　　　　　　　　反情节

[美]罗伯特·麦基, 著. 周铁东, 译. 故事. 中国电影出版社. 2001 年, 53 页.

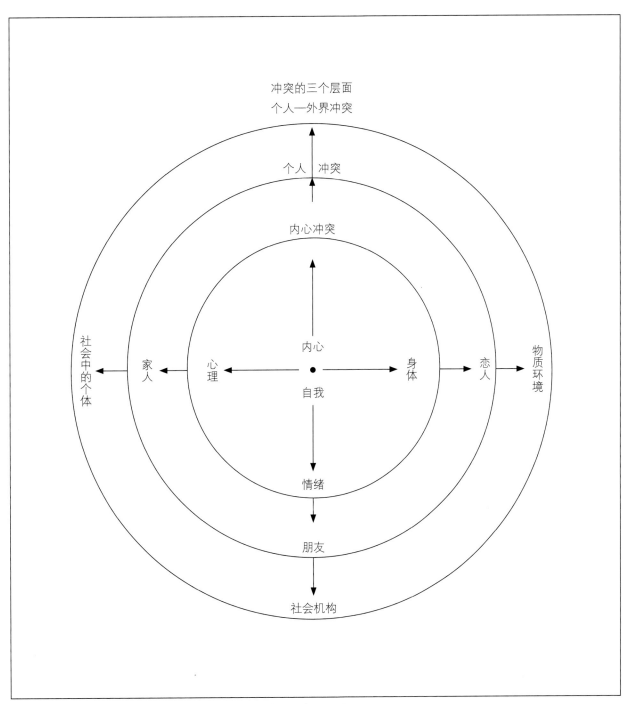

冲突的三个层面
个人—外界冲突

个人│冲突

内心冲突

社会中的个体 ← 家人 ← 心理 ← ● → 身体 → 恋人 → 物质环境
内心
自我

情绪

朋友

社会机构

[美] 罗伯特·麦基. 著. 周铁东. 译. 故事. 中国电影出版社 .2001 年, 171 页.

注：一个人的世界可以想象为一系列同心圆，围绕着一个本真的个性或知觉的核心，这些圆标志着人物生活的各个冲突层面。最里面的圆或层面便是他的自我以及产生于其与生俱来的要素——脑、身体、情绪等的各种冲突。

第二节　情节的任务与技巧

一、情节的任务

　　情节的任务通常只有三个，为人物，为关系，为冲突。如《哪吒闹海》中，片子开场的第一个情节就是哪吒的出生，具体可以分成下面几个小事件。

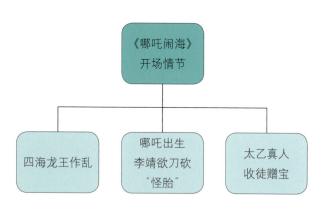

　　开场的情节首先介绍了片中的主要人物——哪吒、李靖、四海龙王和太乙真人，并把他们之间的关系展示出来。四海龙王和其他几个人的关系展示得相对隐晦，四海龙王在陈塘关作乱，而李靖是陈塘关的总兵，这也为日后两人的冲突埋下了伏笔。

二、情节的技巧

　　情节设计中最重要的技巧就是对于对抗充分、巧妙而深刻地利用。主人公及其故事的魅力取决于与之力量相当的对抗的影响。故事在矛盾对抗之中，主人公所受到的负面干扰越多越强大，他的正面镜像功能也就会凸现得越明显，只有倒霉透顶，又雪上加霜，才能苦尽甘来，渐入佳境。《哪吒闹海》中的对抗设计得就非常巧妙。

　　这种对抗本来是不够均衡的，哪吒有了太乙真人的法宝，连四海龙王都奈何不得他，更何况夜叉和三太子了，再加上作为哪吒师父的太乙真人的相助，正邪两方的实力差距过大。但是片中最为精彩和巧妙的设计就是让同属于正义阵营的李靖转变成了对抗哪吒的力量，四海龙王步步

相逼，李靖为了陈塘关的百姓，不得不舍弃自己的孩子。这样一来，对抗的力量一下子均衡了，甚至倾斜了，哪吒再有通天本领，面对父亲也是无计可施，同时，他为了百姓也甘愿取义成仁，正是由于这种对抗情节的设计，哪吒的形象才如此立体、动人。

　　当然情节设计的技巧还有很多，比如新颖的设计，前后的呼应，功能的融合，等等。

正义阵营	邪恶阵营

太乙真人

（隐匿）

四海龙王

龙王三太子

哪　吒

夜　叉

李靖（转换）

第三节　情节的连接与推进

一、矛盾双方力量变化推动情节

　　矛盾双方力量对比发生变化的时候，情节就会向前推进。比如在《哪吒闹海》的前半部分，哪吒先是打死了夜叉，正义一方占据优势。然后来了龙王太子敖丙，又被哪吒杀死，力量的天平又向正义一方倾斜。东海龙王去天庭告状，被哪吒打伤，正义的力量几乎强大到顶点。但是风云突变，东海龙王请来三兄弟，水淹陈塘关，逼死了哪吒，正邪力量又发生了逆转，情节才得以继续向更深层次的故事推进。

二、角色的选择推动情节

　　《哪吒闹海》的情节基本上是靠李靖、哪吒和东海龙王这几个主要角色的选择推动的。先从东海龙王说起，东海龙王不施雨水，还让夜叉去抢童男童女，这种倒行逆施的行为推动了情节的第一步发展，也就是哪吒和他的初步对抗。之后东海龙王不知悔改，纵子行凶，天庭告状，并叫来三兄弟逼死哪吒，最终自取灭亡。哪吒对于邪恶力量的态度是坚决和一贯的，也正是他的一次次选择对抗邪恶才导致矛盾的步步升级，到了无法收拾的地步。片中最重要的情节，也是整部影片的情感高潮，就是由哪吒的选择推动的，哪吒面对四海龙王的穷凶极恶和步步紧逼，为了百姓苍生，毅然决然地选择舍生取义，情节由此才峰回路转，太乙真人用莲花和鲜藕使其还魂再世，有了三头六臂，手持红缨枪，脚踏风火轮的哪吒打败了四海龙王，为民除害，故事最终才走向结束。

电影中的二十种经典情节

搜寻	《绿野仙踪》《星球大战》	变形	《蜕变》《惊情四百年》
历险	007 系列《夺宝奇兵》	转化	《窈窕淑女》《玩具总动员》
追求	《终结者》Roadrunner 动画系列	成长	迪斯尼动画《孤星血泪》
拯救	《搜索者》《七武士》	爱情	《巴黎野玫瑰》《卡萨布兰卡》
脱逃	《大逃亡》《午夜狂奔》	错爱	《罗密欧与朱丽叶》《巴黎圣母院》
对抗	《埃及王子》《烈火战车》	牺牲	《卡萨布兰卡》《末路狂花》
迷	大侦探波洛系列《2001 太空漫游》	发现	《白衣男子》
复仇	《哈姆雷特》《骗中骗》	纵欲	《猜火车》《现代启示录》
弱者	《灰姑娘》《飞越疯人院》	神化	《象人》《洛奇》
诱惑	《浮士德游地狱》	祖先	《愤怒的公牛》《七宗罪》《公民凯恩》

［英］保罗·韦尔斯，著．贾茗葳，马静，译．剧本创作．大连理工大学出版社．2011 年，55 页．

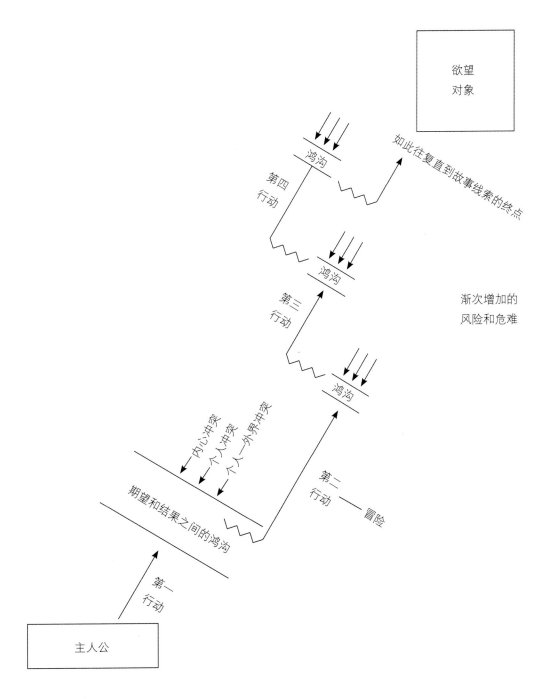

欲望
对象

鸿沟

第四
行动

如此往复直到故事线索的终点

鸿沟

第三
行动

渐次增加的
风险和危难

鸿沟

内心冲突

个人冲突

个人—外界冲突

期望和结果之间的鸿沟

第二
行动 —— 冒险

第一
行动

主人公

[美]罗伯特·麦基. 著. 周铁东. 译. 故事. 中国电影出版社. 2001 年, 445 页.

第四节　剧本的结构

一、结构的类型

"结构就是对人物生活故事中一系列事件的选择，这种选择将事件组合成一个具有战略意义的序列，以激发特定而具体的情感，并表达一种特定而具体的人生观。"([美]罗伯特·麦基，著.周铁东，译.故事.中国电影出版社.2001年.445页.)简单地理解，结构就是对情节的安排。参照文学理论，剧本的结构也可以按照顺叙、倒叙、插叙这几种方式来分类。传统的动画片基本都遵循顺叙的叙述方式进行创作，顺叙的结构也符合大部分观众的心理欣赏机制。倒叙和插叙的结构通常用于实验类艺术类动画片的创作，在某种程度上会给观众带来不顺畅的阅读体验，但是也会拓宽故事的视角和纬度，在叙事结构层面上引发更深层次的思考。

二、结构的范式

按照罗伯特·麦基的概括，故事的结构由五个部分组成：激励事件，进展纠葛，危机，高潮，结局。激励事件是故事讲述的第一个重大事件，是一切后续情节的重要导因，使其他四个要素得以运转起来。激励事件必须彻底打破主人公生活中各种力量的平衡，主人公必须要对激励事件作出反应。20世纪80年代美国出品的动画片《丹佛最后的恐龙》中，几个生活在现代都市中的少年，无意中发现了一只叫丹佛的恐龙，这就是故事开始的激励事件。恐龙的出现打破了主人公平静的日常生活，而小伙伴们选择自己承担起保护小恐龙的任务，这种主人公对激励事件的反应，直接激发了后面一系列妙趣横生、峰回路转的故事，这就是典型的激励事件。

一般情况下，激励事件、进展纠葛、危机、高潮和结局这五个元素在故事中所占的比例和先后顺序是相对固定的，这是基于故事的叙事原理和技巧以及受众对于故事的欣赏、接受和期待等综合因素所形成的剧本创作领域中公认的范式。

一个事件打破一个人物生活的平衡，使之或变好或变坏，在他内心激起一个自觉和／或不自觉的欲望，意欲恢复平衡，于是这一事件就把他送上了一条追寻欲望对象的求索之路，一路上他必须与各种（内心的、个人的、外界的）对抗力量相抗衡。他也许能也许不能实现欲望。这便是故事的要义。

求索

激励事件
自觉欲望

（＋）

脊椎 ← 内心冲突
个人冲突
个人—外界冲突

自觉的欲望对象

不自觉的欲望对象

（－）　**不自觉欲望**

[美]罗伯特·麦基，著.周铁东，译.故事.中国电影出版社.2001年.230页.

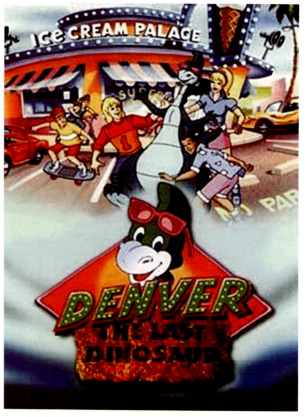

《丹佛最后的恐龙》

三、线索的作用

对于整个故事结构的掌控，还有一个重要的元素就是线索。线索可以让整个故事围绕在主题之内，并且丰富情节，制造节奏。按照功能来分，线索可以分为主要线索和次要线索；按照性质来分，线索可以分为任务线索、情感线索、成长线索。线索的多少是和故事体量相关的，较为复杂和庞大的故事，可能会有多条线索；相对简单的故事，单一线索就能起到相应的作用。

比如在国产系列动画片《阿左阿右》中，剧本的创作者在策划之初就统一和明确了大的主题方向，那就是——

成长，动作，科幻。这既可以看作是主题，也可以归纳为两条重要的线索：那两个双胞胎兄弟的快乐成长的情感线索和生活中的各种冒险趣事，以及对于尝试探索各种科学知识的任务线索。所有的故事结构都是基于这三大主题和两条线索展开的，每一集的故事以任务线索为主要线索，以两兄弟的成长以及与家长、邻居和同学关系的情感线索为辅助线索，两条线索相互呼应，相得益彰，演绎出一对双胞胎快乐健康成长的故事。

《阿左阿右》

《阿左阿右》

思考与练习：

1.试着选取一部动画片，按情节分割，归纳其线索，列出其结构表格。
2.尝试理解话剧中幕和剧本结构的关系，看看剧本能否按照幕来划分。

第五章　动画剧本的风格与细节

本章重点

风格与细节是动画在艺术层面延展的方向和标志。所有的动画大师一直在做的其实只有一件事，那就是塑造自我的风格。动画的风格因材质类型而异，因审美价值而异，因文化基因而异，因个人经历而异。即使是创作商业题材和大众题材的动画剧本，也可以让风格和细节为作品锦上添花。开阔视野，了解、分析和研究不同类型风格的动画作品，在博采众长、去粗取精的基础上形成自我风格，是一个好的动画创作者应该具备的基本素质。

第一节　自我风格的养成

一、个人的风格化

　　风格化是大师的标准符号。保罗·德里森（荷）在《猫咪的摇篮》（1974 年）、《推搡》（1979 年）、《相同的老故事》（1981 年）中一再展示他忧郁的形而上思想以及对生态主义的敌意感知。宫崎骏尽管没有成为魔术师、炼丹术士和多种学科、宗教及经验的崇拜者，但是他的所有作品都是对自己的最好诠释。杰利·川卡（捷克）的所有作品的思考都可以集结于他在遗作《手》（1965 年）中对自由固执而感伤的向往。卡洛琳·丽芙（加拿大）最吸引人的当然不是她的女性身份，而是她对于叙事技巧以及材质特色的探索。

保罗·德里森

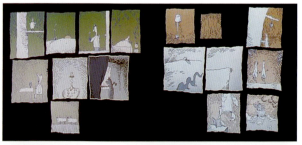

保罗·德里森动画作品

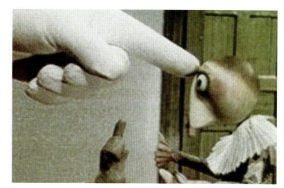

杰利·川卡

杰利·川卡动画作品

卡洛琳·丽芙

《星之声》（2002 年）让人们记住的除了片中的情节和故事之外，更多的是七个多月废寝忘食、呕心沥血与一台电脑为伍的"孤胆英雄"新海诚（日）；迪斯尼公司的《白雪公主》第一次在大荧幕上展示了动画长片无与伦比的壮丽和华彩；皮克斯让那个叫巴斯的玩具稳稳地占住了动画历史中的一席高地；萨格勒布学派在压抑中呈现出欧洲动画艺术气质的耀眼光芒；水墨动画片《小蝌蚪找妈妈》让中国几千年的文化以一种特殊的方式再一次震撼了世界；《铁扇公主》的观众中有一个叫手冢治虫的男孩，几十年之后，他成了日本动画之神。

新海诚

卡洛琳·丽芙动画作品

新海诚动画作品

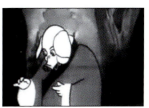 

动画片《白雪公主》的影片截图　　　　　　动画片《铁扇公主》的影片海报及截图

　　注：著名的动画电影学派"萨格勒布学派"这一概念是由法国电影史学家乔治·萨杜尔提出的。萨杜尔同时指出：萨格勒布学派并不是一个特别的学术团体，而是工作在同一个电影制片厂、对一种媒体有着相似理解、作品风格相近的一群电影人。

　　萨格勒布学派发端于20世纪50年代，辉煌于20世纪60年代，20世纪80年代后渐渐淡出国际动画界的视线。第二次世界大战之后，以苏联和美国为首、代表社会主义意识形态的国家和资本主义意识形态的国家，形成了东、西两大阵营，持续了长达40年的经济与军事对峙，这就是著名的"冷战"时期。萨格勒布学派正是在这个特定历史时期成长、成熟、步入辉煌的。可以说，萨格勒布学派是应"冷战"这一历史时势而生的文化英雄。

　　萨格勒布学派的动画作品素以内涵深刻且多元化而著称。在该学派近30年的动画创作历程中，最常出现、最为集中的一个人物形象是以"受难的小人物"为指代符号所表达出的内涵。可以说，这一形象代表了30年来在"冷战"阴影中，为了保持自己的独立与完整，而不惜以"个体对抗全体"、踽踽独行的南斯拉夫人民的艰辛缩影。（百度百科）

二、日本动画的风格化

日本动画的影响力席卷全球，不仅在产业上为日本带来了巨大的经济利益，更在文化输出和文化建构上成为日本的名片和标签。日本动画产业的成功抛开其他因素不谈，最为重要的推动力就是日本动画所散发和塑造出的独特的文化气质。

日本动画的风格化展示是多层面、多角度的，比如类型上，日本动画的类型完善而繁多，总体上来说，可以从以下两大角度进行分类：

1. 按题材分
ACTION/ADVENTURE（动作／冒险）；
MAGIC GIRLS（魔力女孩）；
COMEDY（嬉闹剧）；
ROMANCE（浪漫爱情剧）；
SF/ROBOTS（科幻／机器人）；
SPORTS（体育）。

2. 按对象分
少女／少男；
儿童／成人。

日本动画通常有几类典型的角色设定，这些角色都被鲜明地注上了"日本制造"的标签，而我们在分析这些角色产生的原因的时候，无一不能找到这些造型与日本人的社会、文化、心理之间的对照关系。

科幻／机器人

嬉闹剧

动作／冒险

动作／冒险

魔力女孩

体育

人物造型	类型	根源	象征域
大眼睛、高鼻梁、身材修长	现实	民族心理	日本人对自身民族身体素质不满的一种替代型幻想满足
仙、魔、鬼	浪漫	传统文化	现代文化与传统文化的双重确认
动物主角	浪漫	传统文化	日本民族对动物和自然的天然珍视
科幻类人物及机器人	浪漫	社会进程	对现代化工业社会的反映与反思

念仍旧是二维的传统动画理念，这种现象在整个日本动画界普遍存在，甚至有好多动画片是用电脑来制作手绘的效果，这种不同视觉风格的追求，在一定程度上反映了两国国民迥异的性格。

日本人更多地保留了东方民族隐忍、含蓄的特征，在某种程度上更讲究简练与写意的风采。他们对动画角色的二维处理，多少反映了对于国画技巧的承袭，所追求的就是别样的传统东方意境与审美效果。在对待二维与三维、电脑与手绘的问题上，日本动画完成了一个在固守中进步的转变，而这个转变，是在技术辖域和美学层面的双重确认下以自主的方式完成的。

再比如对待动画技术的态度上，进入 20 世纪 90 年代之后，计算机技术得到了飞速发展，在动画领域也不例外，动画片从制作上甚至在定义上都面临着计算机技术所带来的改变。对于动画行业来说，最基本的和最巨大的一个改变就是从二维动画到三维动画的转变。在三维技术领域，虽然美国有着强大的技术优势，但是日本并不落后，很多以计算机为创作基础的动画片仍旧保持了技术上和美学上的双重先进性，比如押井守指导的《攻壳机动队》，在动画三维技术领域堪称业界典范。

但是日、美动画电影对于计算机三维技术有着不同的观念，美国是极力追求电脑在动画技术上最大限度拓展的可能性，而日本动画则不同，二维动画的创作方式和美学观念仍旧占据着主流地位，比如当今日本动画界的泰斗级人物宫崎骏至今仍固执地坚持二维动画的创作，虽然他的近期作品在很多环节都有计算机的辅助，但是他的创作理

日本动画大师大友克洋和押井守

如果说，在其他国家，人们更多关注的是影视作品的商业属性和艺术属性的话，那么在日本，动画电影特殊的是以产业性和民族文化性作为最显性和最主要的注脚。动画电影在日本不仅仅是作为电影的一种形式或者说是作为大众传播体系的一种形式存在，不仅仅是一个辐射全球的庞大产业链条，还蕴含了浓郁的日本文化气质在其中，更为重要的是，在日本动画电影中，对日本的文化不是一种单纯的反映对照，而是以互动的方式共存共进。

这种动画电影的文化特质是在 20 世纪 70 年代之后开始成为显性现象的，它的最鲜明的特点就是：在相对成熟的产业链条内和巨大的物质利益冲击下，日本动画电影并没有沦为"文化工业"（虽然在某种程度上它有文化工业的性质），而是在心理层面上以和日本人的现实生活形成的这种彼此写照、彼此慰藉、彼此美化、彼此指引等诸多复杂微妙的关系的方式有力而必要地存在于日本大众文化之中。

位于东京郊区的"三鹰之森美术馆"（吉卜力工作室）

吉卜力工作室动画形象全家福

第二节　细节是动画的精髓

　　关于细节的重要性，在前面的章节中已有描述，这里就不再强调，而是谈谈细节设计的技巧。细节的设计最好承担多功能化，有意且有趣。比如《葫芦兄弟》的开场，爷爷救两只小鸟这个细节，就承担了多个功能，不仅展示了爷爷的善良、热心和勇敢，在故事开头制造一些戏剧性的冲突和紧张感，还为爷爷在被救小鸟的父母的帮助下，拿到葫芦种子埋下了伏笔。此外，细节的设计还可以通过重复和呼应来增强效果。

动画片《葫芦兄弟》的影片海报及截图

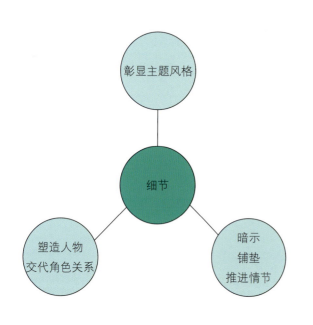

动画片《葫芦兄弟》的影片截图

　　思考与练习：

　　1. 观看和分析几种不同风格的动画片，归纳和总结不同动画风格的特质。
　　2. 制作一两个小短片，塑造自己喜欢的风格，或者尝试几种不同类型的风格。

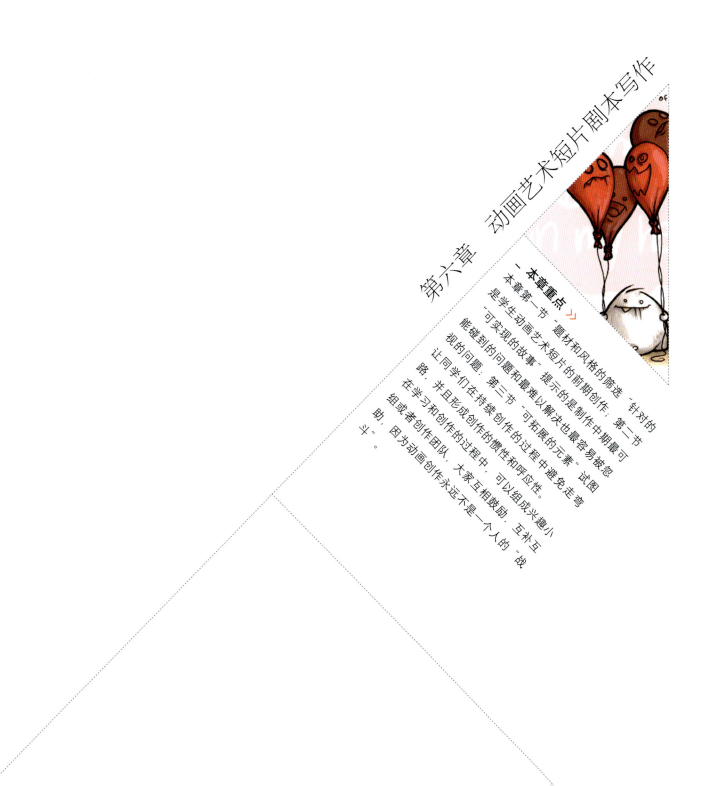

第六章 动画艺术短片剧本写作

一、本章重点

本章第一节"题材和风格的筛选"针对的是学生动画艺术短片的前期创作;第二节"可实现的故事",提示的是制作中期最可能碰到的问题和最难以解决也最容易被忽视的问题;第三节"可拓展的元素",试图让同学们在持续创作的过程中避免走弯路,并且形成创作的惯性和呼应性。

在学习和创作的过程中,可以组成兴趣小组或者创作团队,大家互相鼓励,互补互助,因为动画创作永远不是一个人的"战斗"。

第一节　题材和风格的筛选

动画艺术短片剧本创作所面对的第一个问题就是题材和风格的筛选。如果按照发行渠道来划分的话，动画片有剧场动画、电视动画、网络动画、手机动画和个人动画五种。各种发行渠道的动画片的创作规律不尽相同，最主要体现在题材和风格上。剧场版动画在题材上要求宏大正面，既要通过审查，又要最大限度地满足观众和市场的需要，风格也要尽可能娱乐大众。电视动画除了规模和精度要求较低之外，和剧场版动画的要求是基本一致的。动画艺术短片则有较大的不同，动画艺术短片的发行渠道更多的是网络、手机或者是个人交流。从题材的角度上看，动画艺术短片可选择的题材更为宽泛，几乎囊括所有题材，所以应该避开主流题材，选取剧场动画和电视动画讲述较少的故事；从风格的角度上看，强化、凸现、极端地展示个人风格，无疑是一个聪明的选择和做法。纵观历届奥斯卡最佳动画短片，以及国内外获奖的动画艺术短片，绝大部分都印证了上述原则，而作为学生创作领域，国内动画艺术短片的题材和风格都显得不够锋芒毕露，从动画艺术短片更为强调艺术性的角度来讲，题材和风格在某种程度上可以掩盖制作过程中由于条件、技术等客观原因所造成的种种瑕疵。

奥斯卡获奖动画短片《商标世界》

第二节　可实现的故事

一、故事的体量

动画艺术短片的题材和主题可以宏大，但是体量一定要适中，甚至要偏小。无论多么短的故事都能折射和映照出宏大的主题，但是大体量的作品是一定需要大量时间、人力、物力、精力和财力的，这是一个很简单也很现实的道理。与之相对应的，除了长度的刚性指标外，结构和角色的设计一定要简单，力求在简单的结构框架中发挥角色的最大光彩。

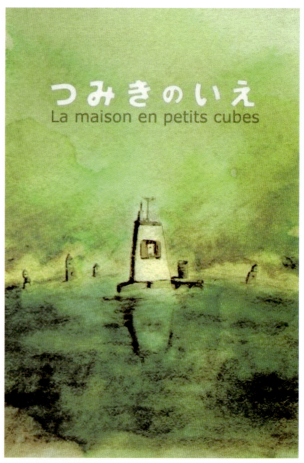

奥斯卡获奖动画短片《积木小屋》

二、集中展示高潮和精华

对于动画艺术短片的创作来说，即使在相对简单和短小的故事中，也不可能做到求全责备、完美无缺，所以更为有效和现实的做法就是在剧本策划和创作的前期阶段，创作者就要明晰短片当中最精华和高潮的部分在哪里，所要表达的最强烈的欲望点在哪里。这种精华和高潮不一定和故事结构范式中的高潮重合，可能是开场，可能是结尾，甚至可能是一个过渡的写意片段，把全部的精力、情感、技巧都放在这段精华之中，力求让每一个看过短片的人都对这个段落印象深刻和念念不忘，尤其是对于学生创作的动画艺术短片而言。通常我们无法要求观看者看过短片之后说"这是一部完整而完美的作品"。但如果有人说"虽然片子有一些问题，但是其中的某一个段落让我无法忘怀"，那创作的目的就达到了。

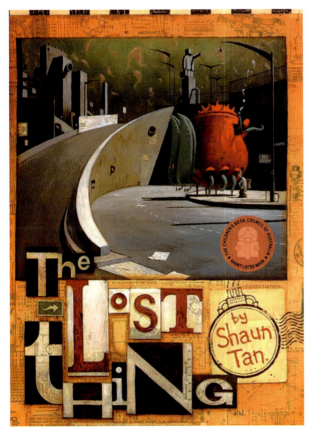

奥斯卡获奖动画短片《失物招领》

三、不能忽视的声音问题

很多没有做过完整一部动画艺术短片的同学，或者是对作品要求过低的同学，可能无法想象声音的处理是动画艺术短片能否达到一定水准的标志，在制作上甚至会花去超过三分之一的精力和时间。这是由动画片的特殊性质决定的，绝大多数动画片没有同期录音，而绝大多数动画片对于声音的细节要求是极为细致和严格的，并且还有很多音效无法来自于现有的音效素材库，因为那些音效本来就是这个世界中不存在的，是在动画片中运用想象力创造出来的。通常大多数人采取的方法是用音乐代替大段音效的表达，尽量少让角色发出声音，更不要说对话了，选取一些看起来还过得去的音效组装上去，虽然呈现出来的效果不够完美，但是至少能基本过关，这是当下动画艺术短片制作声音所采用的普遍和基本的方法。但是我们只能把这种方法叫作权宜之计，或是没有办法的办法。如果想让自己的作品跃上另一个层次，声音的问题一定是要更好地解决的，比如寻求与专业的声音制作团队的合作，比如在剧本的创作过程中就想到关于角色与情节中声音的更好或者是更准确的处理办法，比如预留出更多的时间给后期的声音处理等。

调音台

第三节 可拓展的元素

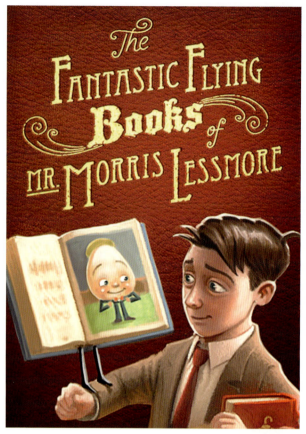

可拓展是动画艺术短片创作的一个重要的概念，因为大多数的动画艺术短片都是一些力求在动画专业领域有所发展的创作者的起点或者是过渡阶段，这些作品在通常情况下所呈现出来的都是片段式的，都是不完整的。比如动画专业的同学，他们可能会在大二开始接触到相关的专业知识，观看很多经典的动画片，阅读一些相关的专业书籍，对动画片有了初步理解，脑海中可能开始浮现出一些他们偏好的、想创作的形象和故事，到了大三，他们可能会在课程中完成几个小的作品，然后在大四的毕业设计中做出一部相对完整的动画短片。对于大多数同学，他们的动画作品通常都呈现出这样的形态：简单，不完整，最可怕的是不关联。一个动画专业的同学在学校期间至少能做三部短片，即使是三个简单和不完整的短片，如果关联起来，拓展起来，三个简单的加在一起至少复杂了一些，三个不完整的整合在一起至少完整了一些，没有关联和拓展的意识，只会让同学们创作出一个又一个看起来毫无进步的、零散的作品。

所谓可拓展的元素主要是指角色和故事。动画片中一个角色的创造是一件很神圣的事情，一旦创作出来，就要时时刻刻想着丰富它、完整它，让它在你喜欢的故事当中呈现，让它在你的作品当中不断地成长。如果你没有那样做，说明你不喜欢你的角色，你对你自己创作的角色不够满意，那么回到原点，重新创造，直到满意为止，这才是一个艺术创作的良性起点，也是一个可持续性的良性循环。

故事的可拓展性可以有两种方式实现，一种是在剧本创作的阶段，在故事的结尾留有可拓展的空间，让后面故事的发展有可连接的起点和合理性；还有一种就是拼贴，作为动画艺术短片的创作，可以把几部作品逐渐拼贴成一个完整的故事，这样既弥补了单个作品存在的很多不足，同时也能改良短片由于体量和长度所带来的先天不足，由于技术等客观原因实现不了的精彩故事，就可以用这样的方式拓展，先做出可以实现的部分，到了时机成熟之后再去完成，既没有浪费时间和精力，又没有放弃自己所喜欢的故事，岂不是一举多得？

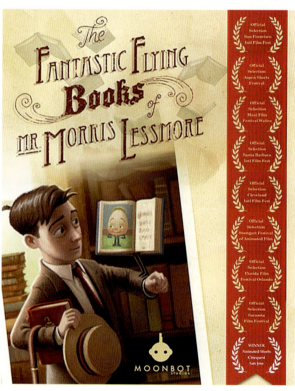

奥斯卡获奖动画短片《神奇飞书》

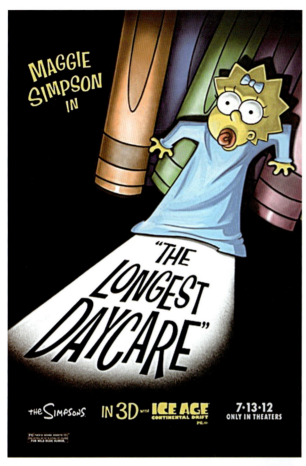

2013 年奥斯卡最佳动画短片提名动画

第四节　动画艺术短片《纸人》剧本技巧分析

从大的角度来看，动画艺术短片和动画长片的剧本创作没有本质区别，所有的概念、规则、技巧和模式都大体适用。但是动画艺术短片因其体量、运作方式、负载意义等因素也有其自身独特的属性。在剧本创作层面也有一些特定的要求和技巧。下面就以 2013 年奥斯卡最佳动画短片《纸人》为例来进行说明。

一、影片简介

《纸人》(Paperman) 由迪斯尼动画公司于 2012 年出品，讲述的是一个很普通的爱情故事，或者说是一个情感故事。一个男孩在车站邂逅了一个女孩，被她深深吸引，无奈萍水相逢于茫茫人海之中，芳踪难觅，好似人生中又一段过眼烟云。孰料这个女孩竟然在男孩办公室的对面出现，男孩不想放过这个机会，他想要引起女孩的注意，于是他把桌上的公文折成了一个个纸飞机，向对面的女孩飞去……

《纸人》的导演约翰·卡尔斯

二、故事缘起

《纸人》的导演约翰·卡尔斯（John Kahrs）原来是皮克斯动画公司的动画监制，参与过《虫虫危机》《怪物电力公司》等动画片的创作，《纸人》是他首部指导的动画短片。卡尔斯在访谈中谈到了关于《纸人》创作的源起，他曾经在纽约生活过一段时间，生活紧张而忙碌，每天他都会和很多人擦肩而过，但是彼此却无法互相了解，甚至是简单的相识与交流都变得异常奢侈，生活就在那么多互无交流和匆匆一瞥中流逝了，当然也包括爱情。这种当代

都市生活中的孤独感和无力感就是他创作《纸人》的初衷。这种微妙的情感和《重庆森林》所描述的感觉很像，甚至我们可以用金城武的台词来作为《纸人》开场。"每天你都有机会和很多人擦肩而过，而你或者对他们一无所知，不过也许有一天他会变成你的朋友或是知己。"几乎和原片的主旨契合得天衣无缝。

一个故事总要有一个起点，也必须有一个起点，不仅剧本创作如此，所有的艺术创作都是如此。这个起点可以是一种情绪，一个主题，一个概念，一幅画面，一个形象，甚至是一个声音。著名剧作家王迪曾经说过："它也许是春天的风，秋天的雨；也许是窗外皮鞋敲打柏油路的声音，或卖冰棍、卖啤酒的叫卖声；也许是田野里一个放羊的女孩，或树上的一个老鸦窝；也许是不相识的姑娘的一个微笑，或一道老人忧郁的目光；也许是一句话，一声无奈的叹息；也许是清冷的月光，初升的太阳；也许是好朋友的一段遭遇，听来的一个动人故事；也许是一个虚无缥缈的幻想，一个令人恐怖的噩梦；也许是一张远方来的贺年卡，一片晶莹剔透的雪花；也许是时针走动的声音，空中飞过的鸽哨……如此种种，无不可以成为剧作的触动点。"这种触动点的产生可以是思考、讨论，甚至是"命题作文"的结果，但是更多的情况下，我们要观察生活，体验生活，提炼生活，只有创作者首先被触动，有了创作的冲动和欲望，艺术作品才有可能去触动别人。

三、符号建立

《纸人》的故事中，"纸飞机"这个符号的成功建立对于叙事和抒情起到了极其重要的作用，飞机本身就有着自由、挣脱束缚、追寻等符号意义，而且纸飞机在男主角办公室的出现又合情合理。符号自身的意义准确，它和人物、故事、情节又完美地结合在一起，这使得整部短片的故事有了情节特质、情感深度和艺术深度。如果我们之前的剧情描述显得过于平淡和普通的话，那么简单归纳一下，这是一个男孩用纸飞机去追寻稍纵即逝的爱情的故事，故事是不是就一下迷人了？

同时，短片当中的符号还有二重设置，纸飞机是表象符号，是一重符号。深层符号和二重符号是什么？只要稍加思考便可以归纳出来，纸飞机的情节点占据了整部片子的核心比重，也是高潮和精华所在，但是短片的名字为什么不叫《纸飞机》而叫《纸人》，因为"纸人"才是故事中的深层符号。通过前面的分析我们知道，一个男孩用纸飞机去追寻爱情，是整部短片所描述的故事，但是起点并

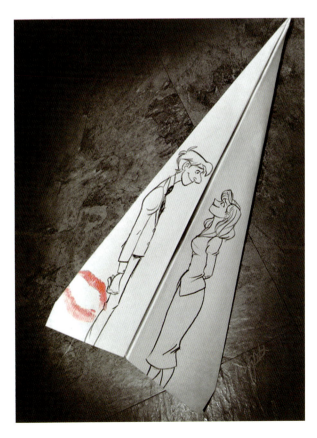

不在这里，核心情感和核心主题也不在这里，作者所要真正表述的，是都市中人与人之间的隔阂、陌生感和孤独感，我们都缺少了人与人之间的情感交流，变得麻木和机械，变成了"纸人"。这是整部短片的核心主题，也是其没有流于表面和浅显的最成功的地方。所以我们在创作剧本的过程中，要有意识地提炼、建立、塑造和深化符号。因为所有的叙事、情节、主题、人物、情感等最终都要诉诸于和附着于一个点，这个点就是符号。

四、情节升华与情感升华

通常来说，剧本创作最需要关注的问题不是你所创造出来的故事好不好，而是你讲述的故事观众是否认同，是否喜欢。好的故事层出不穷，它们通过各种渠道被人们以各种方式讲述着，而剧本创作更多要思考的是故事和观众的互动问题，如何把故事讲述给观众，某种程度上是比故事本身更为重要的问题。

者智力挑战和人的生理及心理机能有关，人们总会不自觉地问为什么？接下来呢？难道是？全球有数以亿计的推理迷，侦探迷每天忙于"侦破"各种不属于他们应该侦破甚至是根本不存在的案件，就是这个道理。刺激与宣泄的需求介于文明需求和生理、心理需求之间，因为人们需要一个非现实而又不影响现实的故事世界去满足和平衡自我。动画短片《纸人》中，爱情代表着正意义，勇敢地追寻代表正意义，纯洁漂亮的女孩也代表正意义，这些正面价值会得到观众非常好的认同感。同时，男孩能否和女孩再次相遇？纸飞机能不能飞到女孩所在的对面大楼里？就算女孩看到了会怎样？甚至是影片的结尾，两人邂逅之后相视一笑，难道暗示的就是完美的结局吗？他们能否走到一起？或者这就是一个梦而已。诸如此类林林总总的问题，在不到7分钟的短片里逐一设置，逐一展现，虽然《纸人》整个故事不是以悬念和情节曲折取胜，这也不是故事的主要风格和讲述方式，但是这种技巧和手段是惯常的，是很容易理解的，也是非常重要和实用的，我们在编写剧本的过程中，如果有机会，就尽可能和观众多做些智力对抗，这是剧本创作的基本技巧和手段之一。

上述三种类型是观众对故事的基本需要。同时，在情节的设计和推进的过程中，观众还有一种情感升华需要，如果理解和把握这种审美机制和接受心理，在创作剧本的过程中，不仅会帮助你完成情节的设计，而且会让你的故事变得熠熠生辉，展现出独特的气质和迷人的光彩。

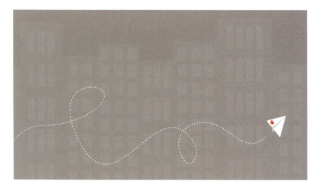

对于故事的接收者来说，或者从人类的普遍意义上来讲，对于故事的需要基本可以分成三类：正意义的认同，好奇或智力挑战以及刺激与宣泄。正意义的认同和人类文明进化有关，对于善、普世价值、正义等正能量和正意义的认同和追求，符合人类的审美价值心理，人们从有了文明之后就一直在故事之中寻找和塑造这种正意义。好奇或

所谓情感升华，就是观众对故事走向、人物成长、情节设计的自我美化想象。通常在故事推进到一半以上，观众对故事的认知深入之后，就会产生强烈的代入感，就会自我预判和自我暗示故事的走向。比如希望正义战胜邪恶，有情人终成眷属，侦探最终把罪犯绳之以法，可怜的人得到救助，美好的愿望得以实现，等等。剧本创作的通常做

法是迎合观众，审美趋同，结局最终和观众的期待达成一致，皆大欢喜。即使有的剧本反其道而行之，那也只是在主题层面上展示冰冷的现实，或者是哲学意义上的无奈，价值观上仍旧是符合观众情感升华需要的。但是好的剧本创作应该更加深入或者说上升到另一个层面，当面临观众情感升华需要的时候，设计出高于观众情感需求的情节，这样不仅仅会给观众带来更为震撼和酣畅的审美体验，也会让故事本身自我升华。比如《纸人》中后半部分的情节，男孩的努力全都付之东流，让人看不到希望，情绪跌入到了谷底，这都是剧作的常用技巧，接下来一定是找到一个方式或者是设计一个情节，让男孩的努力得到回报，让两人得以相见，观众也是有此期望的。此时观众的情感升华需求和剧本创作者的情节设计就达到了一个契合点，《纸人》的处理方式就显得比较巧妙，值得借鉴。《纸人》的故事没有按照常规的手法寻求问题的解决（问题最终是一定要解决的），而是随着观众的情感升华需求把情节也升华了，纸飞机被赋予了生命，活了起来，它们引导着甚至是"强迫"着一对男女开始彼此接近，最终走到了一起。这种设计某种程度上是行不通的，是非常规的，是不合逻辑的，但是这种设计满足和契合了观众的情感升华需求，而且超出了观众的情感升华需求，变得更加诗意，更加浪漫，更加富有想象力。我们可以试想一下，如果最后一张

带着唇印的纸飞机飞到女孩身边，让男孩和女孩再次相遇，从功能上看，和片中的处理是一致的，都是让让情人终成眷属，但是整个故事就显得相对平淡，缺少诗意和艺术气质。正是这个不应该有生命的纸飞机有了生命，生活才不至于像整部片子的画面一样仅仅只有黑白两色，才会色彩斑斓，纸飞机尚能如此，"纸人"们呢？这正是影片想留给观众思考的。所以我们在创作剧本的过程中，要能体会到观众的情感升华需求，并且利用这种情感升华需求来设计甚至是创造情节，升华之后很有可能会惊喜地发现，海阔天空，柳暗花明。

第五节 学生作品创作阐述

　　《回家》是大连工业大学艺术设计学院数字媒体艺术系 2012 年的一个毕业设计作品，它荣获了包括第十二届北京电影学院动画学院奖 "阿达奖" 在内的诸多奖项。作者为高宇、周宇、尚立志，本篇创作阐述的作者为高宇。

我们作者三人在学校学习动画短片的制作、创作近4年，从对动画的懵懂、崇尚，到毕业时有了一些自己的认识，在积累了4年的时间后，用《回家》这样一部短片来对自己的学习与认识做个总结。下面就对这部短片的创作过程进行介绍。

自我定位：

联合短片创作的自我定位很重要，因为这不是个人短片，而是要合作共同完成，每个人的价值观都起到关键的决定作用才能达成共同的目标，并促成短片的完成。我们多数吸取的是成熟三维动画电影工业的制作流程，而并非散发性的创作，短片的完整度是我们比较注重的，就像商业尊重日程，在规定的时间内充分利用、发挥自己的所有潜能。

关于故事与剧本创意：

首先要承认我们并不善于述说复杂的故事，所以在创作故事时我们更多的是为视觉服务，这也是动画作品的最大魅力吧，也是考虑到我们自身优势而扬长避短。

在故事创意与剧本创作时，不可避免的是我们作者的个人偏好，偏好作为蓝本与参考或许也是众多创作的根本来源。我本人比较喜欢"没有创造，只有发现"这种说法。在欣赏了众多影视短片后，受到启发而用发现的眼光将自己搜到的、看到的有机地结合起来是"创造"的根本。所以发现的眼光、感受的深度是左右一个新发现的好坏的根本，再加之作者的处理结合能力，就能让一个表面上全新的东西诞生。

剧本创作上我们用了一种方法，就是情节、情绪、时间条。感觉这种东西很难传递，不能传递就很难进行讨论与评判，所以我们将故事分为几大段，每一段的情绪导向和在时间上的权重我们用图标的形式进行了划定。确立了一段时间后就可以估计整个故事在时间上给观众带来的情感变化，从而可以宏观地调整每段的权重分布，这是我们的方法，是否有优势尚不清楚，仅供参考。

我们比较喜爱宫崎骏、皮克斯、梦工厂等知名的动画大师和动画创作团队的影视动画作品，也同样喜欢一些小众的影视作品，其中每年层出不穷的短片带来的思维上、视觉上的启发总是既新颖又响亮。

世界观的选定上，宫崎骏的《风之谷》《天空之城》等作品对我们产生了比较大的影响。在宫崎骏的动画中（包括很多其他动画和漫画作品，如《卑鄙的我》、鸟山明的诸多漫画作品等），工具的设定总是我们关注的一个亮点，工业与卡通的结合是一件美妙的事。现实生活中的工业、建筑设定上难免要向现实性、实用性低头。而在动画制作的世界里就可以摆脱这种约束。不搭调的组合和无厘头的逻辑，只要视觉上好看，一切都可以，形状与线条上的优美性也有了更大的发挥空间。有句话我很喜欢，"我们创造的不是缥缈的假象，而是美丽的现实"，这也是诸多过于主观的作品观众少的原因之一吧，脱离现实总会让观众的视觉失去安全感。所以心想事成的心态就体现在我们是如何让主人公去制造飞行器的过程中，它不是凭空出来的，而是取之于生活的童趣感。

关于空中的生物，若是超出现实的创造，同样也会带来很大麻烦，天空与水下的世界其实有着惊人的相似——流体动力。而让水下的生物搬到天空中是一个很好的创意。这个构思并非我们的创造，而是很多概念设计师早已先于我们发现。我们的工作就是安排好他们的出场和一个崭新的形象。空中旅行的故事没有什么过多可写之处，一切都要用画面说话。

世界观与画面的结合会给故事带来一种潜在的基调。荒弃没落的世界可以从一开始就给影片带来一种基调——沉重。而我们要给观众带来的就是要将观众从这种孤独与沉重中"解救"出来，所以一次美妙的冒险是个很好的方法，旅途的奇妙、自由、洒脱、美丽，会将沉重的心情抛到九霄云外，加之动听的音乐，我们为观众创造出优美的风景。

但是要让观众总是在这优美的环境中度过，就会像不懂得浪漫的恋人，再多的好也会有腻烦的一天。要让观众的情感回到影片，就要灌之主人公以险境，我们选择了突然袭来的暴风雨，并且设置了与小伙伴、宠物失散的情节。醒来的主人公来到一个陌生的土地上，与伙伴重逢，找到了心中的答案，将短片推向完美结局的高潮。

或许我们的叙述能力、导演处理能力有限，但是我们遵循一个思路推进地做着，希望观众能感受到最后的美好，我们就心满意足了。好多朋友都说这是个优美的动画，有一种看了觉得很美好的感觉，但是没看懂到底讲了什么。确实是这样，这一点我们也深感遗憾，故事性确实不是我们的优势，希望在以后的作品中逐渐提高。

制作流程:

我们遵循的是目前行业内的标准流程，而动画的创作有其一定标准的同时也不可避免地存在着诸多偶然因素。

在这里需要说明的是，每个流程并非完全确定，经常需要根据当时的情况进行调整。

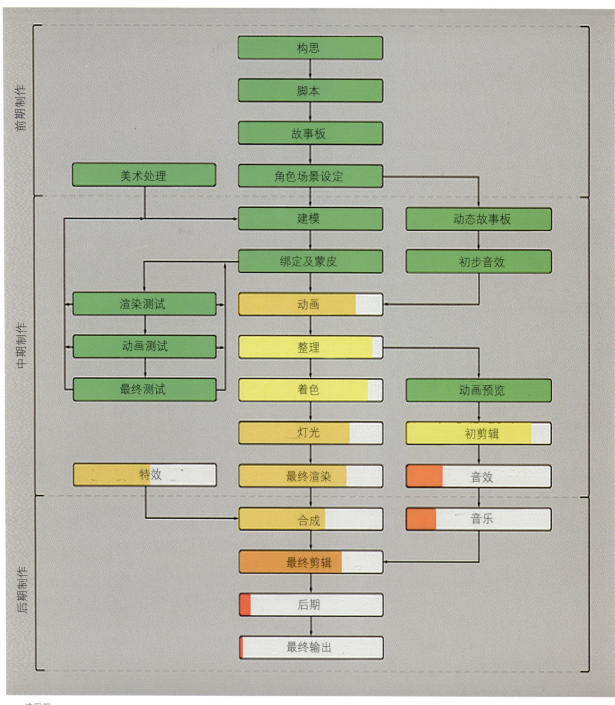

流程图

角色设定与模型:

在角色设定时一般先要设定好很多东西,不光是形象,还要考虑到年龄、身高比例、可能展现的表情,服饰上也要标注材质和纹理。但我们的动画中并没有做得这么细致,而仅仅就大概形象做了设定,因为在进入三维建模时可能会遇到一些预料不到的问题而抛弃先前的设定。2D转向 3D 是一个再创作的过程,目前在很多动画制作中开始了近乎 3D 效果的原设图(如皮克斯的短片《月神》),所以我们只设定了一个感觉与方向。

2D 设定

3D 设定

场景设定与模型：

　　场景设定是一个关键问题。在制作中一定要反复将场景与角色模型做对比，使它们之间形成合理的比例。若是大的建筑物，也要先遵循立体构成的美感，先将场景的立构图画出进行评判，再继续制作，因为场景模型的制作是比较费时费力的工作，所以尽量要有逻辑地进行。

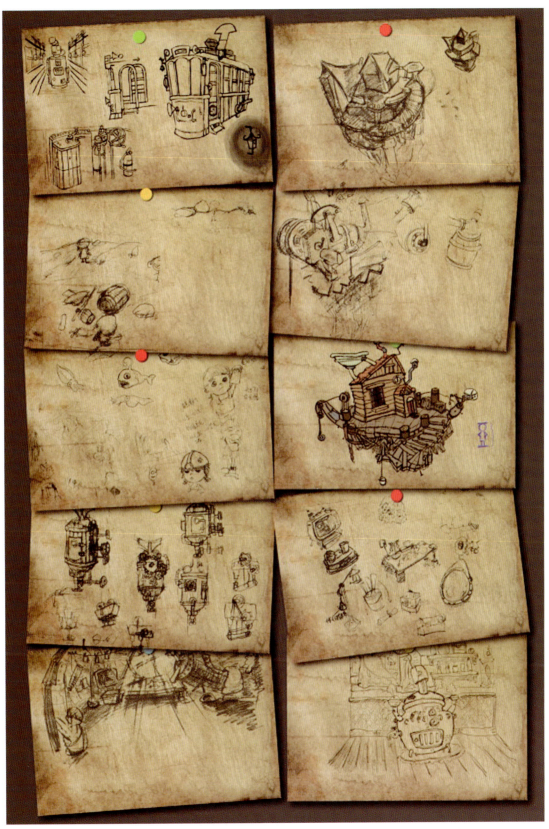

场景道具原设

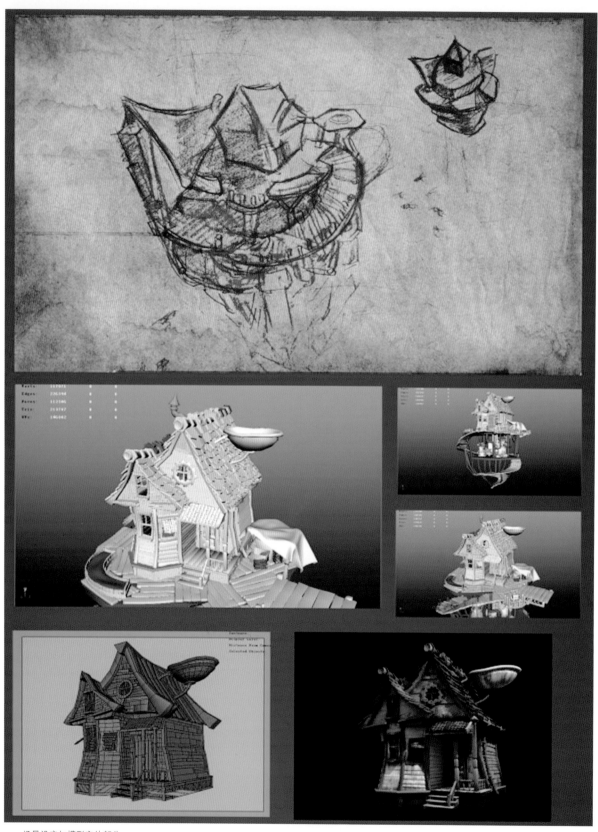

场景设定与模型室外部分

场景设定与模型室外部分

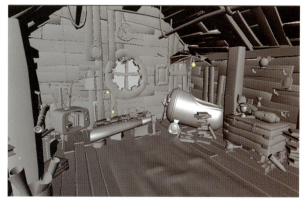

场景设定与模型室内部分

场景设定与模型室内部分

室内设定中,我们将电视改成书架,机翼改成桌子,飞机改成床,等等。当然不是单纯的改变就行,也需要一定的处理,让其和谐地在一起,使其与作品的风格统一起来。

交通工具设定:

交通工具设定时要考虑到功能性与合理性。当然有时候不合理性会带来一定的乐趣,但夸张也要在一定限度内,不然会给观众带来不舒服的观感。

在交通工具的建模构成中,与原设相比,我们做了比较大的改动。两侧的螺旋桨尽量看起来要给飞行器一定的动力支持,前面的大灯和后面的尾翼也要使模型看起来更平衡些。木质外观能给人一种接近原始的感觉,在那样的一个世界里,不能有太高的科技含量,这种材质的原始性和功能的科技性的冲突收到了一个比较好的效果。

交通工具的设定与模型

交通工具的设定与模型

　　设定与模型几乎可以同时进行，当然也要尽量有个大概的设定后再进行建模，在实际制作中调整是我们这样的独立创作者必然要经历的。毕竟不是每个人都能做到尽善尽美，而今天与明天的眼光又有所不同。还有，从技术上讲，模型也要符合后面的工作，所以模型是一个很关键的环节，要为后面的绑定做出服务与让步，所以模型师与绑定师在制作上要一边进行充分的交流，一边做出比较理想的动画效果。

　　设定完成后，就可以制作故事板了。完成平面故事板后就可以用简单的模型进行动态故事板的制作来调整影片节奏、影片的叙述等，同时也可以开始音乐、音效的收集。

　　2D故事板要标注镜头的时间和大概的动作，以方便与团队交流。

　　动态故事板是以影片形式制作的，只是里面只有简单的模型、简单的动画来交代故事的大概和影片的节奏。

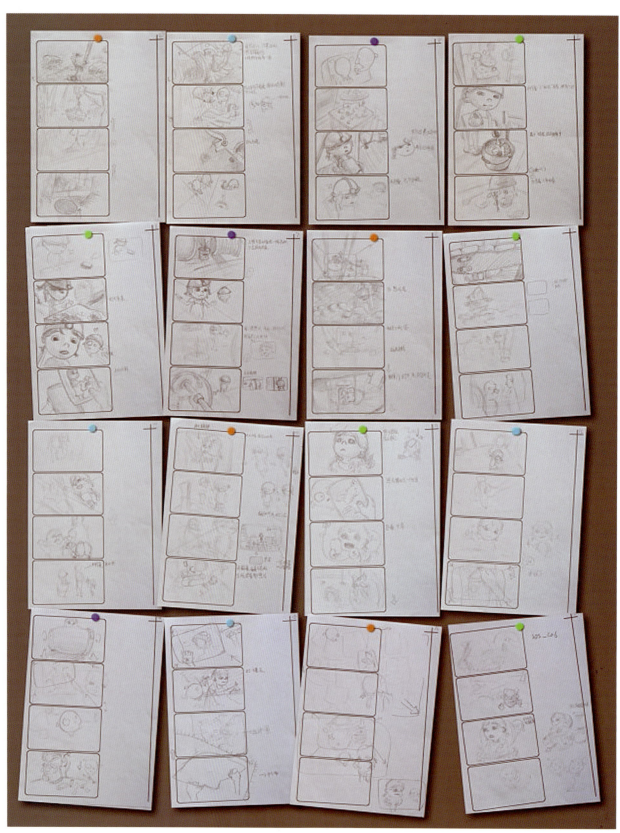

2D 故事板

动态故事板

材质与灯光：

材质贴图我们用了近千张，在三维渲染中，因为每个贴图的功能有所不同，控制质感不光需要颜色贴图，也需要像凹凸贴图、法线贴图、高光贴图这样的贴图，只有这样才能让质感更加生动丰富。

灯光部分的测试也有其规律性，一般为先在无贴图的模式下进行，然后再加上贴图，这样更有效率，灯光与贴图的完成几乎定下了影片大概的效果，而不是最终效果。渲染和后期合成同步调整是必要的，渲染为后期合成服务，渲染出后期合成所需要的（也是作者最终所需要的）效果的素材。每个镜头角度的不同都需要不同的素材支持，才能达到后期最终合成的理想效果。

这时候对渲染器就有了比较高的要求。我们选择的是 Mental Ray 渲染器，它支持平滑渲染和一些特殊通道的渲染，和 Nuke 后期软件的结合也比较良好。如一些光边效果、Normal 通道、景深通道、闭塞阴影、灯光雾等，都给画面带来了很多丰富的效果，为后期较色也提供了更多的灵活性。三维动画最大的优势就是光线和质感，这是二维动画很难做好的。

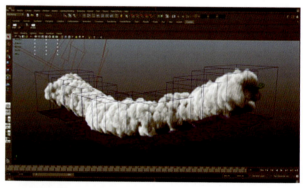

暴风雨效果

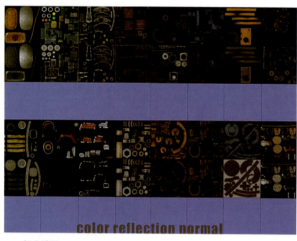

部分贴图

暴风雨效果

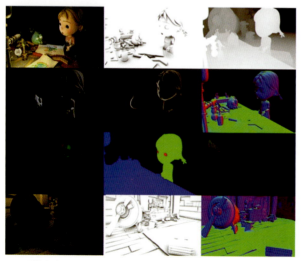

后期合成渲染的不同渲染层和通道层

后期合成

最终效果图

动作制作：

在材质灯光测试中，同时可以进行的是动作制作。在动作制作中可以在遵循动画运动原理的基础上加入自己对表演的理解。角色的性格、角色的心情表现得都要尽量得体。动作的制作并没有什么可过多介绍的，一定要遵循运动规律，尽量让角色的行为不要看起来怪异就算完成任务了。这里提一下，我们选择的软件是 Maya，之所以选择 Maya 是因为其角色绑定的灵活性比其他软件要高，并且网络上有大量的资料可以学习。在制作动态故事板时，绑定可以简略，但是为了动作制作上的方便，之后要尽量完成以方便绑定。表情的动画也是与绑定息息相关的，肢体的动画和绑定算是比较通用的，但是角色的表情由于其使命（表现角色情绪）往往被制作者忽略了美观性。不是每个模型的笑都美丽可爱，这时候就要体现制作者的审美观了。

动作制作

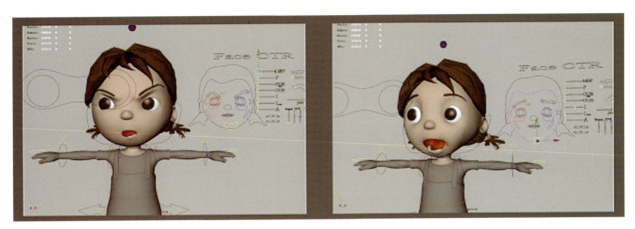

动作制作

特效合成：

在三维软件中很多特效的制作比较费时费力，有时候没有多年的特效制作经验，制作的特效效果也不会很理想。并且，就算效果理想，也会由于其计算量的原因给批量渲染带来巨大的麻烦。我们采用的是用后期合成素材的方式来制作特效。如一些烟雾、雨、云等都是用一些经过简单处理的图片素材或者是动态视频素材截取制作的，素材收集和处理也是一件工作量比较大的事，所以平时的收集和整理就至关重要了。

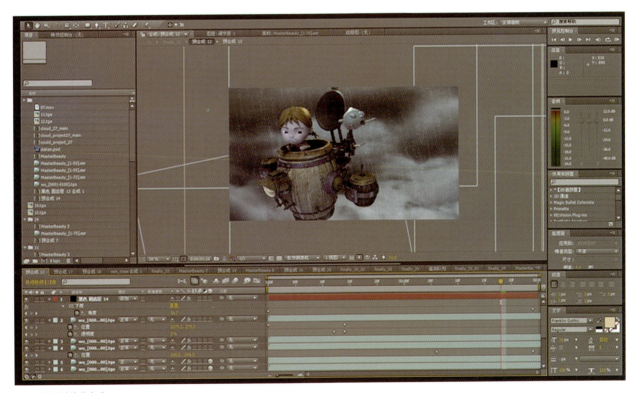

暴风雨特效的合成

这些特效我们是用 After Effect 制作的，它的层处理模式相比 Nuke 要方便很多，唯一不足的是它的通道提取能力和速度远不如 Nuke 强大。

以上都完成后就进入了漫长的批量渲染等待，场景的整理、渲染的参数等一系列问题都会影响渲染速度，这也是制作成本，所以制作的经验是一笔宝贵的财富。

剪辑配音：

将渲染合成后的素材进行预想的合成后，就可以进行最终的剪辑了。将收集到的音乐、音效融合到影片中同样是一件很辛苦的事。因为有些声音可能是现实世界中不存在的，只能使用蒙太奇的手法，将类似的声音进行一定的处理，使其能以假乱真地与画面结合。

最终输出：

最终输出要选择好解码器，以便在计算机上进行播放，条件允许的话可以输出多种格式。

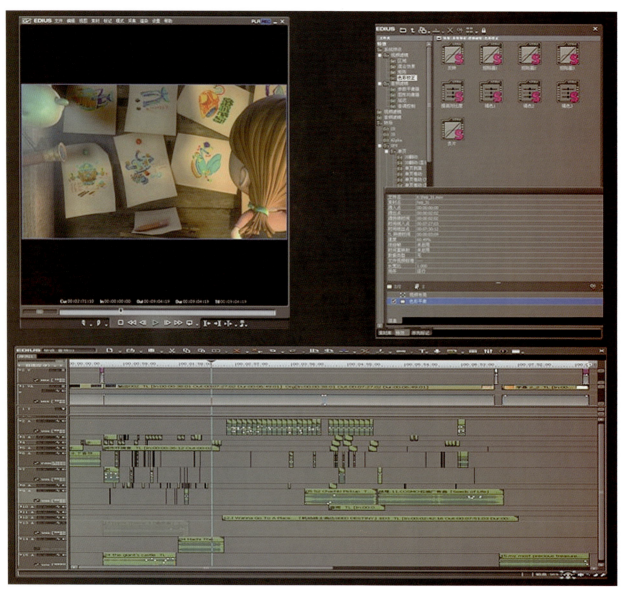

剪辑配音

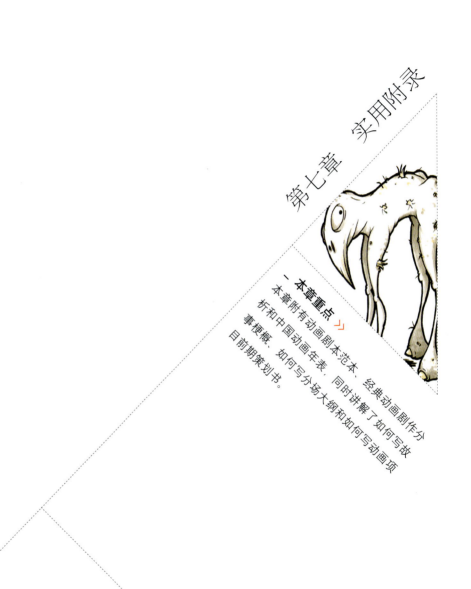

第七章　实用附录

一　**本章重点** 》

本章附有动画剧本范本。经典动画剧作分析和中国动画年表，同时讲解了如何写故事梗概，如何写分场大纲和如何写动画项目前期策划书。

一、动画剧本范本

注：剧本的格式没有固定的范例，通常有以下几种格式。

A.
场次　日景／夜景　内景／外景
地点

如：
一　日　外
教室

B.
场次：
时：
景：
人物：

如：
一
时：白天
景：内　教室
人物：老师甲　学生若干

文学剧本的几个核心点就是以场为概念，标志清楚拍摄时间、拍摄场地、出场人物、道具情况、发生事件、人物对白、人物调度、环境描述等。具体格式不尽相同。

完整剧本：
《寓言新一族之塞翁失马》

塞翁——老K，住在塞上的老智者，对事物的辩证发展有着深刻的理解。

塞翁之子——阿KAO，身体强壮，骑术精良，喜欢舞枪弄棒。

塞翁之马——菜虫

一　夜　赛马场

赛马场内灯火通明，看台上座无虚席，一阵雷动的掌声和惊叫声之后，比赛开始。

蛋白质和一米九骑着两匹马冲在最前面，两匹马在直道上并驾齐驱，一个弯道之后，蛋白质领先。

蛋白质正在得意，菜虫骑着一匹黑色的高头大马超过了蛋白质。

菜虫咧着大嘴还未从超越蛋白质的喜悦中缓过神来，方头就后来居上，超过了菜虫。

临到终点的最后一个直道，蛋白质、菜虫、方头几个人加大"油门"，交替领先，场面异常紧张刺激。

快到终点的时候，老K骑着一匹马从后面飞快地赶了上来，超过了所有人，第一个冲过了终点线。

二　日　外　山顶

老K坐在山顶的一块青石之上闭目养神，身后有几只仙鹤在云端上翩翩而飞，四周的群山郁郁葱葱，山间的溪流淙淙作响，幽静异常。

几只小鸟衔着一些草棍开始在老K的头上筑巢，突然，小鸟飞走。

老K睁开双眼，说道："出来吧！"

菜虫和E卡从后面的石堆里走了出来。

菜虫："K老，您怎么知道我们在这儿？"

老K："如果不是你们来的话，也不会惊走小鸟。"

E卡："K老，我们来找你就是想向你借件东西。"

老K："什么东西？"

E卡："就是您昨天骑的那匹宝马，借我俩骑一骑，行吗？"

老K："噢，你说的是那匹马啊，丢了。"

E卡："丢了？怎么昨天还在比赛，今天就丢了啊？"

老K："丢了就是丢了，我也没有办法啊！"

菜虫："那您怎么还不去找啊？还有心情在这里打坐，给小鸟做巢。"

老K："哈哈，塞翁失马，焉知非福啊。"

三　日　外　塞外

"天苍苍，野茫茫，风吹草低见牛羊。"（这句诗既可做描绘景色的依据，又可配唱）

一身牧羊人打扮的阿KAO骑着一匹黑色高头骏马，赶着一群羊在草原上缓缓而行。

一群野马从远处奔腾而来，跑在最前头的就是菜虫（此时是一匹黄色的骏马）。

阿KAO看到野马群跑来，骑马赶上，拿起绳子准备抓住菜虫，但是几次尝试都被菜虫躲过，菜虫在躲过阿KAO的追逐之后加快了速度，很快就把阿KAO落在了后面。

菜虫回头看了看阿KAO，停住了脚步，得意地望着阿KAO，等他再次逼近之后才又跑开，很快，菜虫又把阿KAO落下一段距离。

菜虫十分得意地边跑边笑，还时不时地回头看着穷追不舍的阿KAO，没留神，一下子撞在了一棵大树上。

四　夜　内　阿KAO家

一轮残月之下，菜虫孤独地在马圈里望着天空，周围只有一望无际的草原和默默闪耀的星星。

五　字幕

几个月之后，菜虫终于融入了这个家庭，而且还当上了马队队长。

六　清晨　外　阿KAO家门口

一排马整齐地站立在门口，菜虫站在最前头。

阿KAO走出帐篷。

菜虫喊道："预备，敬礼！"

马儿们齐刷刷地给阿KAO敬礼，显得训练有素。

菜虫："报告主人，马队十二匹马全部到齐，听候调遣。今天天气晴，偏东风5到6级，最高气温34℃，最低气温12℃，适宜从事各种活动。"

阿KAO："不错，听我口令——稍息，立正，解散。"

七　电闪雷鸣　大雨滂沱

八　夜　内　阿KAO家

阿KAO从外面推门进来，全身湿透，气喘吁吁地说道："父亲，我们的菜虫丢了。"

一米九、蛋白质、大律师等人都很焦急。

老K（此时是阿KAO的父亲）手中拿着一本书正在读，听了阿KAO的话之后，没有任何反应，而是又翻了一页书。

阿KAO："父亲，我们的菜虫丢了。"

老K："这何尝不是一件好事呢？"

阿KAO在老K周围上蹿下跳，又是摸额头，又是把脉，又是听心跳。

阿KAO："父亲，您没事吧，菜虫丢了是挺让人伤心，

但您还是要保持清醒。"

老K："哎，你们这些人啊，干吗丢了一匹马就这样呢？这可能是件好事。"

阿KAO："算了，父亲，我明天一早给您请个大夫。"

九　字幕

五天之后——

十　日　外

茫茫的草原上，菜虫带着一匹马从地平线跑来。

十一　日　外　帐篷门口

菜虫对着阿KAO打了一个大立正，说道："主人，我在胡人的马队那里给您带回来一个兄弟。"

老K得意扬扬，脑袋上多了一个光环。

阿KAO（异常高兴）："太好了，菜虫，干得不错，晚上奖励你吃羊肉串。"

菜虫："主人，我是吃素的。"

阿KAO："你改吃素了啊？"

菜虫："对，不过今天高兴，那个羊肉串要多放点儿辣椒。"

老K："菜虫回来可能也不是一件好事。"

众人全部被这句话震撼得倒下。

十二　日　外　马圈里

蛋白质、大律师、一米九等人都在看着阿KAO在骑菜虫带回来的骏马。

阿KAO为了炫耀他的骑马技术，在马背上做出倒立、翻跟头等各种杂技动作。

蛋白质站在旁边。

蛋白质："菜虫，你可真行，把这匹马训练得这么听话。"

菜虫："当然啊，它连敬礼都会。"

阿KAO骑着的那匹马听到菜虫说敬礼，马上立起身子，来了个敬礼，阿KAO从马背上摔了下来。

老K的头上多了两个光环。

一米九："K老，您可真是神机妙算啊。"

老K："摔坏也不一定是件坏事。"

听了老K的话，众人又全部倒下。

十三　日　外　帐篷外

阿KAO全身裹着纱布，拄着拐杖，只留一对眼睛露

在外边, 像个木乃伊似的。

十四 日 外 草原

草原上扬起很大的风沙, 一大队骑兵奔着阿 KAO 他们的村子而来。

为首的一个将领说道: "兄弟们, 前面又有一个村庄, 我们又可以发一笔小财了, 还能抓些兵来, 随我冲啊!"

大家一阵欢呼, 飞速地向村子冲去。

尘土散去, 将领和马都被众人踏在泥土之中。

十五 日 外 村子里

村中的众人站在各处望着将领这一队人马, 将领头上包着纱布在讲话。

将领: "我们要去打仗, 所以, 要在你们这里征兵, 凡是 16 岁到 40 岁的男人, 愿意加入我们的, 赶快出来报名。"

将领的话音还未落, 村子里所有的人都瞬间消失, 躲进家里, 窗户和大门也都纷纷关闭。

将领看着空空的街道, 大声说道: "那就不要怪我了, 兄弟们, 进房间抓, 看到年轻的就抓。"

骑兵们一哄而上, 又把将领踩到了地上。

十六 黄昏 外 村子

一些房子的火还没熄灭, 站在空地上的只剩下一些老人、妇女和孩子, 但阿 KAO 还留在村子里。

阿 KAO 的白色衣服上写着几个大字: 逃过一劫。

老 K 头上又多了一个光环。

老 K 清了清嗓子刚要说话。

众人齐声说道: "STOP。这不一定是件好事。"

老 K 一下子倒在地上, 头上的三个光环留在空中, 依次砸到老 K 头上。

十七 日 外 山顶

老 K 、菜虫、E 卡三人并排坐在石头上。

老 K 头上的小鸟建了一个鸟巢。

菜虫头上的小鸟建了一个二层别墅。

E 卡头上的小鸟建了一栋摩天大厦。

老 K: "这就是塞翁失马的故事, 说的就是事物都是不断变化的, 好的事情和坏的事情都不是绝对的, 好的事情可能会引发坏的结果, 坏的事情又可能带来好的运气, 主要是我们怎么去看待它, 对待它, 这就是老子所说的: '祸兮, 福之所倚; 福兮, 祸之所伏。'懂了吧?"

菜虫和 E 卡齐声说道: "不懂。"

老 K 倒在了地上。(完)

二、如何写故事梗概

故事梗概的写作也没有固定的格式和技巧, 通常包含的内容包括主题的简单概括与阐述、人物的介绍和故事的整体描述三个部分。我们首先要明确, 故事梗概是一个作品的起点, 它通常是打动投资方以及主创团队的第一份书面材料, 所以说主题的概括和阐述要简单明了, 人物的介绍要立体全面, 故事的描述要流畅而华丽, 所有的这些条目都要有所取舍, 做最精华的展示。在好莱坞有个"电梯原则", 当我们拿着一份故事梗概去找那些制片人的时候, 他们通常都没有时间和精力去做仔细的阅读和聆听, 留给创作者阐述的时间有时只有这些大制片人出入电梯的短短几分钟。只有在电梯里让你的故事吸引住制片人, 才有接下来推进制作你的作品的机会。

范本:
《向前进》故事梗概

1. 整体阐述

(1) 关于故事

项往、靳力、靳歆、钱晶晶、韦不群五个好朋友是一群影视学院毕业的高才生。刚毕业没多久, 本来怀揣着艺术理想、意气风发、斗志昂扬的他们, 被现实的残酷惊呆、折磨和挤压。

毕业前, 他们以为自己是孙悟空, 可以七十二变打上凌霄宝殿, 后来他们发现, 只能闹闹而已。

毕业前, 他们以为自己是西湖龙井, 可以冠绝天下, 雅气茗生, 后来他们发现, 只能泡泡而已。

毕业前, 他们以为自己是参天大树, 可以俯瞰众生, 傲立挺拔, 后来他们发现, 只能绕绕而已。

毕业前, 他们以为艺术之火可以点亮人生, 后来他们发现, 只能着着而已。

跌跌撞撞、磕磕绊绊、凄凄惨惨的境遇之下, "向前进"文化传播有限责任公司"被迫"成立了。第一个项目——王八老板的企业宣传片宣告失败, 大作家冒名顶替事件发生, 转行做演艺经纪人, 韦不群考博奇遇记等一系列事件纷至沓来, 对于这五个人来说, 创业和生活就仿佛两出精彩纷呈、悬念丛生的戏剧一样在几个人身上交织上演。人生百态，五味杂陈，看着，尝着，几个年轻人在冷暖自知的最后的青春岁月里挣扎着、痛苦着、成长着、快乐着、回味着、享受着、执着着、奋斗着、自责着、反省着、怯步着、妖娆着、迷失着、彷徨着、风光着、兴奋着，最重要的是，他们一直——前进着。

（2）关于风格

介乎于疯癫喜剧和先锋戏剧之间。故事在气质上有些出位和黑色幽默，但是人物的心理状态和人生境遇是真实和感人的，做到小夸张，大写实。

（3）关于架构

系列剧的形式，人物的成长和感情线是连贯发展的线索。

每集40分钟。开篇是一个戏剧性事件，结尾是一个半MTV似的抒情段落，用于总结和煽情。

中间偶尔用先锋话剧的方式疏离出来，进行情感和心理叙事（具体模式可参考第一集剧本）。

2. 人物介绍

项往：男，26岁，电影学院导演专业研究生毕业，东北人。执着，乐观。

钱晶晶：女，26岁，电影学院表演系研究生毕业，山东人。善良，大方，热情，眉清目秀，人见人爱，但是由于个子太高影响了自己的"星途"，让其郁闷不已。

靳力：男，26岁，电影学院管理系研究生毕业，安徽人。天生制片的材料，嘴上功夫极佳，能把死人说活，活人说死。善于审时度势，见缝插针。交际手腕极佳，由于高大帅气又谈吐不凡，桃花运一直不断。

靳欢：女，24岁，电影学院编剧专业研究生毕业，是靳力的妹妹，从小天资聪颖，所以上学的时候跳了两级，虽然小靳力2岁，但是成了同一届的同学。敏感，神经质，喜欢猫。

韦不群：男，26岁，本科为化学专业，但是由于志趣的原因，跨专业考上了电影学院编剧专业的研究生，浙江人。凡事都讲究逻辑和科学的思维，一副穷酸文人的"嘴

脸"，脾气执拗。

其他人物随用随加。

3. 人物关系（略）

4. 故事简介（略）

三、如何写分场大纲

分场大纲通常是在创作故事复杂、篇幅较长的剧本时需要的一个步骤，是文学剧本的一个简化格式，目的是在整体的结构上先做一个勾画和把握，把故事的基本样态以接近文学剧本的方式呈现出来，这样做的好处是可以整体把握故事，便于修改和讨论，节省不必要的修改步骤。分场大纲一旦确定，编剧的创作就显得相对容易和明确了。

范例：
《开心小镇之店小二选秀》

文学剧本：
一　日　外　鸡鸣客栈门口
众人围在鸡鸣客栈门口指指点点，门口的墙上贴着一张招工启事，上面写道：

招工启事

本鸡鸣客栈现因生意需要，招聘一名店小二，包吃包住，月俸600文。工作表现优异者另有奖金，只收一人，名额有限，有意者速到鸡鸣客栈郑老板处报名。

××年×月×日

郑老板坐在门口的一张桌子前，悠然地捧着本书在读。
众人指着招工启事议论纷纷。
甲："一个月六百文，好多啊！"
乙："是啊，还管吃管住。上哪里找这么好的活去！"
丙："还在这里议论什么啊？赶快去报名啊，晚了位置就被别人抢走啦。"
甲："没错，没错，快去报名。"
众人拥到郑老板面前。你一句我一句地喊着："我要报名！还有我一个！我也报名！我很能干的！"
郑老板："慢慢来，慢慢来，一个一个排好队，别挤啊！"
郑老板一边说一边消失在众人的喧闹中。
……

分场大纲：

一　日　外　鸡鸣客栈门口
郑老板在门口张贴招聘启事，引来众人围观。
……

四、如何写动画项目前期策划书

动画项目的启动、审批基本上是从前期策划书开始的。前期策划书是对整个动画项目前期所有的构想、创作以及项目规划的总体整合和表述。它的核心部分是故事梗概，是编剧所要完成的关于故事的最初预想和设计，但是所包含的内容却极为丰富，如果专业分工够细，动画前期项目策划书应该由专业的动画项目策划公司和团队完成，通常情况下，是由编剧、制片人、导演等主创人员共同完成。

动画前期策划书所包含的主要条目有：

(1) 项目宗旨
具体包含对整个项目大主题、风格的规划，对动画市场的评估，对项目优势、项目特点的分析等内容。

(2) 制片人阐述
具体包括集数、片长、片子类型、预算、制作团队等的阐述。

(3) 导演阐述
具体包括故事主线、模式、风格设定，人物性格及关系设定，场景设计，音乐及音效风格设定等内容。

(4) 市场评估
具体包括市场回报的预估、衍生品开发等内容。

五、经典动画剧作分析

加勒比蜥蜴——《兰戈》剧作分析

《兰戈》是派拉蒙影业 2011 年出品的动画长片，讲述的是一个宠物蜥蜴兰戈的故事，天性懦弱只会幻想的兰戈误打误撞闯入西北的德特小镇，无意之中被奉为拯救小镇的英雄，但是谎言终有揭穿之日，英雄只能装一时。经过重重考验，尝遍人生冷暖，最终兰戈战胜了自我，成为一位真正的英雄。该片的主创阵容堪称豪华，导演是曾执导过《加勒比海盗》系列电影的大名鼎鼎的沃宾斯基，兰戈的配音演员是好莱坞一线男星约翰尼·德普，编剧是《飞行家》的编剧约翰·洛根，配乐为好莱坞配乐大师汉斯·季默。《兰戈》不负众望，一举夺得第 39 届安妮奖最佳动画片、第 65 届英国电影学院奖最佳动画片、第 84 届奥斯卡最佳动画长片等多个奖项。

《兰戈》的故事并无太多新意，但是这只"加勒比蜥蜴"却是研究好莱坞西部片经典叙事的一个极好的标本。

注：剧作分析需先对影片的基本信息加以简单介绍，提出核心的观点。

1. 类型图谱的建立

导演沃宾斯基说过，本片的最初构想就是把一只宠物蜥蜴放到西部沙漠区，看看会发生什么故事，最终作品也完美地呈现了他最初的想法。《兰戈》是一部典型的好莱坞西部片，只不过它以动画片的形式呈现出来，显得有些与众不同而引人关注。类型片有几个要素，一是叙事，相似的（有时是程式化的）情节和结构，可预测的情境、段落、冲突及结局；二是人物的塑造，相似的人物、个性、动机、目的和行为类型；三是基本的主题、话题、题材（社会的、文化的、心理的、行业的、政治的、道德的）以及价值观；四是环境，地理的或历史的环境；五是视觉图谱。西部片也可以叫作牛仔片，是好莱坞经久不衰的典型的类型片之一，其深层的符号和象征，是关于美国人开发西部的史诗般的神话，影片多取材于西部文学和民间传说，并将文学语言的想象幅度与电影画面的幻觉幅度结合起来。西部片的神话，并不是再现历史的真实写照，而是创造着一种理想的道德规范，去反映美国人的民族性格和精神倾向。任何一种神话都是通过特定的戏剧性程式表现出来的。在西部片

动画的类别模型和标准

组成要素	西部片	侦探片	间谍片	科幻片
时间	19世纪	现代	现代	未来
地点	美国西部	城市	世界	太空
男主角	牛仔	侦探	特工	外星人
女主角	女教师	少女	间谍	外星女孩
反面角色	逃犯	杀手	卧底	异形
情节	恢复法律与秩序	寻找杀手	寻找卧底	击退异形
主题	正义	发现真凶	拯救自由世界	拯救世界
服装	牛仔帽	雨衣	西装	太空服
交通工具	马	老爷车	跑车	宇宙飞船
武器	转轮枪	手枪和拳头	带消音器的手枪	射线枪

[英]保罗·韦尔斯，著．贾茗葳，马静，译．剧本创作．大连理工大学出版社．2011年，64页．

的神话中，我们看到的大多是善良的白人移民受到暴力的威胁，英勇的牛仔以及执法者除暴安良，结果几乎总是群敌尽歼。而那个牛仔大多是外省人，他见义勇为，并在做完好事之后就走掉，常常使人感到不知道他从什么地方来，也不知道他将到什么地方去，像游牧民一样。在此之中，影片还要用一定的长度去表现牛仔与纯洁的姑娘或女人邂逅、一见钟情，等等。而在暴力的冲突中去尽可能地表现牛仔的风度。通过上述的关于西部片和类型片的阐释，我们可以很轻易地在《兰戈》中把这些要素一一对应找出。从叙事图谱上看，兰戈也来自外省，它同样邂逅了一位当地的姑娘，它第一次在小镇的出场也是在酒馆，它是孤胆英雄，要在空旷的街道上和对手完成男人之间的对决，最终战胜对手，拯救小镇的人民，并赢得美人的芳心；从视觉图谱上看，荒漠、峡谷、烈日骄阳、酒馆、马靴、左轮手枪、纵马（动画片里幻化成鸡，还有蝙蝠等）飞驰、持枪决斗等西部片经典画面和场景应有尽有。

2.幕的结构与节拍

好莱坞的剧作理念中，幕是一个非常重要的概念，幕的概念源于戏剧，但是略有不同。幕就是故事的宏观结构，故事的乐章。场景构成序列，这一系列的序列形成节拍，完成幕与幕之间的连接，最终完成叙事。下面从幕和节拍的角度对《兰戈》的叙事进行分析。

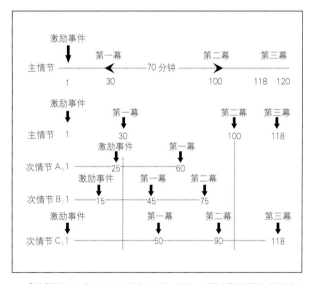

[美]罗伯特·麦基，著．周铁东，译．故事．中国电影出版社．2001年，254，255页．

三个大幕：

第一幕兰戈的出场到兰戈进入德特镇，在酒馆里吹嘘自己杀死了七兄弟结束。（开头至27分钟）

第二幕到眼镜蛇詹克拖走镇长结束。（27—101分钟）

第三幕结尾。（101分钟至片尾）

这是典型的好莱坞幕的结构设计，《兰戈》对于幕的时间点的掌控几乎精确到了分钟。

《兰戈》的叙事节拍

节拍数	内容	情绪	功能	时长
一	兰戈自导自演	整体欢快,略带感伤	介绍人物,铺垫剧情	4分钟
二	兰戈躲过鹰的追击	紧张刺激	动作场面,吸引观众	4分钟
三	兰戈进入小镇,吹嘘自己,阴差阳错打败鹰	紧张,欢快,有些许悬念	兰戈的初步成长,被小镇居民认可	17分钟
四	兰戈治安官上任	平缓,美好,趣味	重要过渡,风雨欲来	12分钟
五	兰戈带队出发去找水	悬念,紧张,激昂	初次对抗,英雄小试牛刀	22分钟
六	兰戈失败,被人怀疑,出走	感伤,低落	压抑英雄,制造矛盾	22分钟
七	重拾信心,找到自我,战胜对手	紧张,酣畅	完成最终的叙事	7分钟
八	德特镇和兰戈的美好生活	欢快,感人,风趣	交代故事的结局	4分钟

通常,每一个大幕中要有若干个节拍以形成节奏,目的是推进叙事和营造戏剧感。

这八个大的节拍各自有各自的功能,在三个大的幕中,它们用不同的时长、功能、情绪等组合成一个有机的、有节奏的序列,就好像一出交响乐,各乐章高低错落,婉转有致,最终演奏出一段华丽的乐章。几乎所有的好莱坞电影都遵循这样的幕和节拍的设计,这也是好莱坞机械化、工业化艺术创作流程的独特魅力所在。

3. 好莱坞当代价值观的变迁

《兰戈》还反映出好莱坞当代价值观的变迁,主要体现在两个方面。第一是对于自我的思考,主人公兰戈的设计和以往西部片的设计有一个最大的不同,就是兰戈本来不是英雄,它不具备战胜邪恶的能力和勇气,但是经过一系列事件之后,尤其是在和西部之神交流之后,兰戈找到了自我,认识到了重要的不是"我是谁",而是"我做了什么事",最终成为英雄。片中的符号核心"西部之神"与其说是对于伊斯特伍德的致敬,不如说是影片在告诫我们每一个人都应该唤醒内心深处的那个自己,找回迷失的自我。第二是对于西部,或者说对于环境问题的反思。最早的好莱坞或者说是美国人对于西部大开发所持的都是正面的、积极的态度,带去了先进的文明和生活方式,体现了美国人征服野蛮、征服自然的勇敢精神、个人英雄主义色彩,等等。但是随着环境问题的日益凸显,文明、科技和自然的对抗越来越加剧,不仅仅是美国人,全世界的人们都认识到现代社会、现代文明给人类带来了意想不到的问题,人类在自信心超级膨胀上百年之后,开始意识到自己的渺小。所谓怀旧,其实就是这种心境的一种折射和映照。《兰戈》中也存在这种浓烈的怀旧意识,镇长代表的所谓现代社会、先进社会,是邪恶的力量,好莱坞和整个美国人其实非常向往以前那种平静而简单的美好。

注:分析的核心部分围绕主要观点展开,分几个方向论述,通常剧本分析涉及的方向是主题、人物、结构、情节、风格等,可以抓住几个核心方向进行论述,也可以只论述最值得分析的一个层面,在论述的过程中要做适当的整合。

六、中国动画年表

出版年代	名称	类型或片长		导演或制作单位
1922 年	舒振东华文打字机	动画		万氏兄弟　上海商务印书馆美术部
1923—1925 年	益力汽水、味精	动画		万氏兄弟　长城动画片公司
1926 年	大闹画室	动画		万籁鸣、梅雪涛　长城动画片公司
1927 年	一封书信寄回来	动画		万氏兄弟　长城动画片公司
1930 年	纸人捣乱记	动画		万氏兄弟　大众化百货公司
1931 年	同胞速醒	动画		万氏兄弟　上海联华影业公司
1932 年	精诚团结	动画		朱石麟、万籁鸣　明星影业公司
1933 年	狗侦探	动画		郑小秋、万氏兄弟　明星影业公司
1934 年	血钱	动画		万氏兄弟　明星影业公司
1934—1936 年	神秘小侦探	动画		万氏兄弟　明星影业公司
1934—1936 年	飞来祸	动画		万氏兄弟　明星影业公司
1934—1936 年	龟兔赛跑	动画		万氏兄弟　明星影业公司
1934—1936 年	蝗虫和蚂蚁	动画		万氏兄弟　明星影业公司
1935 年	骆驼献舞	动画		万氏兄弟　明星影业公司
1936 年	民族痛史	动画		万氏兄弟　明星影业公司
1936 年	新潮	动画		万氏兄弟　明星影业公司
1938—1939 年	抗战标语卡通	动画		万氏兄弟　中国电影制片厂
	抗战歌集	动画		万氏兄弟　中国电影制片厂
	王老五去当兵	动画		万氏兄弟　中国电影制片厂
1940 年	农家乐	动画		钱家骏　重庆励志社
1941 年	铁扇公主	动画		万氏兄弟　新华影业公司
1948 年	瓮中捉鳖	动画		方明　东北电影制片厂
1950 年	谢谢小花猫	动画	20 分钟	方明　上海美术电影制片厂
1951 年	小铁柱	动画	20 分钟	特伟、方明　上海美术电影制片厂
1952 年	小猫钓鱼	动画	20 分钟	方明　上海美术电影制片厂
1953 年	采蘑菇	动画	20 分钟	特伟　上海美术电影制片厂
1953 年	小小英雄	木偶	30 分钟	靳夕　上海美术电影制片厂
1954 年	好朋友	动画	20 分钟	特伟　上海美术电影制片厂
1954 年	夸口的青蛙	动画	10 分钟	何玉门　上海美术电影制片厂
1954 年	小梅的梦	木偶	30 分钟	靳夕　上海美术电影制片厂
1955 年	粗心的小胖	木偶	10 分钟	章超群、虞哲光　上海美术电影制片厂
1955 年	东郭先生	木偶	10 分钟	虞哲光、许乘铎　上海美术电影制片厂
1955 年	神笔	木偶	20 分钟	靳夕、尤磊　上海美术电影制片厂
1955 年	乌鸦为什么是黑的	动画	10 分钟	钱家骏、李克弱　上海美术电影制片厂
1955 年	小熊的旅行	木偶	20 分钟	岳路、章超群　上海美术电影制片厂
1955 年	野外的遭遇	动画	10 分钟	万籁鸣　上海美术电影制片厂
1956 年	大红花	动画	10 分钟	万籁鸣　上海美术电影制片厂
1956 年	机智的山羊	木偶	10 分钟	万超尘　上海美术电影制片厂
1956 年	骄傲的将军	动画	30 分钟	特伟、李克弱　上海美术电影制片厂
1956 年	金耳环和银锄头	木偶	30 分钟	许乘铎　上海美术电影制片厂
1956 年	胖嫂回娘家	木偶	10 分钟	虞哲光　上海美术电影制片厂
1956 年	三个邻居	木偶	20 分钟	岳路　上海美术电影制片厂
1956 年	我知道	动画	20 分钟	何玉门　上海美术电影制片厂
1956 年	中国木偶艺术	木偶	70 分钟	靳夕　上海美术电影制片厂
1957 年	拔萝卜	动画	10 分钟	钱家骏　上海美术电影制片厂

出版年代	名称	类型或片长	导演或制作单位
1957 年	双胞胎	木偶 20 分钟	岳路　上海美术电影制片厂
1957 年	一个新足球	木偶 20 分钟	章超群　上海美术电影制片厂
1958 年	并蒂莲	木偶 60 分钟	许秉铎　上海美术电影制片厂
1958 年	打猎记	木偶 20 分钟	虞哲光　上海美术电影制片厂
1958 年	古博士的新发现	动画	钱家骏　上海美术电影制片厂
1958 年	过猴山	动画 10 分钟	王树忱　上海美术电影制片厂
1958 年	火焰山	木偶 40 分钟	靳夕、尤磊　上海美术电影制片厂
1958 年	老婆婆的枣树	动画 10 分钟	上海美术电影制片厂
1958 年	美丽的小金鱼	动画 20 分钟	上海美术电影制片厂
1958 年	木头姑娘	动画 20 分钟	何玉门　上海美术电影制片厂
1958 年	墙上的画	动画 20 分钟	万籁鸣、李克弱　上海美术电影制片厂
1958 年	三毛流浪记	木偶 40 分钟	张乐平、章超群　上海美术电影制片厂
1958 年	谁唱得好	木偶 10 分钟	靳夕　上海美术电影制片厂
1958 年	四只小野鸭	木偶 10 分钟	尤磊　上海美术电影制片厂
1958 年	为了孩子们	木偶 20 分钟	虞哲光　上海美术电影制片厂
1958 年	小发明家	木偶 20 分钟	靳夕　上海美术电影制片厂
1958 年	小猴与白胖	木偶 20 分钟	许秉铎　上海美术电影制片厂
1958 年	小鲤鱼跳龙门	动画 20 分钟	何玉门　上海美术电影制片厂
1958 年	小朋友们	动画 10 分钟	何玉门　上海美术电影制片厂
1958 年	找小哥哥	动画 10 分钟	吕晋、戴铁郎、万彭年　上海美术电影制片厂
1958 年	猪八戒吃西瓜	剪纸 20 分钟	万古蟾　上海美术电影制片厂
1959 年	布谷鸟叫迟了	动画 10 分钟	钱家骏　上海美术电影制片厂
1959 年	龟猴分树	剪纸 10 分钟	万古蟾　上海美术电影制片厂
1959 年	红色信号	木偶 20 分钟	虞哲光、陈正鸿　上海美术电影制片厂
1959 年	济公斗蟋蟀	剪纸 30 分钟	万古蟾　上海美术电影制片厂
1959 年	砍柴姑娘	木偶 20 分钟	上海美术电影制片厂
1959 年	龙虾	木偶 20 分钟	靳夕　上海美术电影制片厂
1959 年	萝卜回来了	动画 20 分钟	上海美术电影制片厂
1959 年	蜜蜂与蚯蚓	动画 20 分钟	上海美术电影制片厂
1959 年	三只蝴蝶	木偶 30 分钟	虞哲光　上海美术电影制片厂
1959 年	森林之王	动画 20 分钟	上海美术电影制片厂
1959 年	一幅僮锦	动画 60 分钟	钱家骏　上海美术电影制片厂
1959 年	一只鞋	木偶 40 分钟	靳夕　上海美术电影制片厂
1959 年	渔童	剪纸 30 分钟	万古蟾　上海美术电影制片厂
1960 年	小燕子	动画 20 分钟	张松林、浦家祥、韩冰　上海美术电影制片厂
1960 年	怕羞的黄莺	动画 20 分钟	江爱群、陆青、钱家骏、雷雨　上海美术电影制片厂
1960 年	大萝卜	木偶 20 分钟	万超尘　上海美术电影制片厂
1960 年	小蝌蚪找妈妈	水墨 20 分钟	特伟、钱家骏　上海美术电影制片厂
1960 年	牧羊少年	木偶 20 分钟	尤磊　上海美术电影制片厂
1960 年	牧童与公主	木偶 40 分钟	岳路　上海美术电影制片厂
1960 年	聪明的鸭子	折纸 10 分钟	虞哲光　上海美术电影制片厂
1960 年	山羊和狼	剪纸 20 分钟	胡雄华、沈祖慰　上海美术电影制片厂
1960 年	大奖章	木偶 30 分钟	章超群　上海美术电影制片厂
1960 年	鸽子	木偶 30 分钟	陈正鸿　上海美术电影制片厂
1960 年	水墨动画片段	动画 20 分钟	上海美术电影制片厂
1960 年	原形毕露	动画 20 分钟	王树忱、钱运达　上海美术电影制片厂
1961—1964 年	大闹天宫（上、下集）	动画 120 分钟	万籁鸣、唐澄　上海美术电影制片厂

出版年代	名称	类型或片长		导演或制作单位
1961 年	人参娃娃	剪纸	30 分钟	万古蟾　上海美术电影制片厂
1961 年	太阳的小客人	动画	30 分钟	邬强、徐景达　上海美术电影制片厂
1961 年	谁的本领大	动画	10 分钟	张松林　上海美术电影制片厂
1962 年	等明天	剪纸	20 分钟	胡雄华　上海美术电影制片厂
1962 年	没头脑和不高兴	动画	20 分钟	张松林　上海美术电影制片厂
1962 年	小溪流	动画	30 分钟	何玉门　上海美术电影制片厂
1962 年	丝腰带	剪纸	20 分钟	钱运达　上海美术电影制片厂
1962 年	一棵大白菜	折纸	20 分钟	虞哲光　上海美术电影制片厂
1962 年	大名府	木偶	10 分钟	虞哲光、章超群　上海美术电影制片厂
1962 年	红云崖	木偶	40 分钟	陈正鸿　上海美术电影制片厂
1962 年	掌中戏	木偶	30 分钟	虞哲光、章超群　上海美术电影制片厂
1963 年	牧笛	水墨	20 分钟	特伟、钱家骏　上海美术电影制片厂
1963 年	长发妹	木偶	30 分钟	岳路　上海美术电影制片厂
1963 年	孔雀公主	木偶	80 分钟	靳夕　上海美术电影制片厂
1963 年	金色的海螺	剪纸	40 分钟	万古蟾、钱运达　上海美术电影制片厂
1963 年	黄金梦	动画	30 分钟	王树忱　上海美术电影制片厂
1964 年	冰上遇险	动画	20 分钟	邬强　上海美术电影制片厂
1964 年	差不多	剪纸	20 分钟	胡雄华　上海美术电影制片厂
1964 年	半夜鸡叫	木偶	20 分钟	尤磊　上海美术电影制片厂
1964 年	草原英雄小姐妹	动画	40 分钟	钱运达、唐澄　上海美术电影制片厂
1964 年	红军桥	剪纸	20 分钟	钱运达　上海美术电影制片厂
1964 年	湖上歌舞	折纸	20 分钟	虞哲光　上海美术电影制片厂
1964 年	画像	木偶	30 分钟	靳夕　上海美术电影制片厂
1964 年	路边新事	木偶	20 分钟	王树忱　上海美术电影制片厂
1964 年	四点半	木偶	20 分钟	陈正鸿　上海美术电影制片厂
1965 年	红领巾	剪纸	20 分钟	上海美术电影制片厂
1965 年	李科长巧难炊事班	木偶	30 分钟	尤磊　上海美术电影制片厂
1965 年	南方少年	纪录	40 分钟	詹同渲、夏秉钧、程中岳　上海美术电影制片厂
1965 年	我们爱农村	动画	10 分钟	严定宪　上海美术电影制片厂
1965 年	小哥儿俩	木偶	20 分钟	章超群　上海美术电影制片厂
1965 年	小林日记	剪纸	10 分钟	胡进庆　上海美术电影制片厂
1972 年	放学以后	动画	10 分钟	严定宪　上海美术电影制片厂
1972 年	万吨水压机战歌	剪纸	30 分钟	胡进庆、邬强　上海美术电影制片厂
1973 年	不差半分毫	剪纸	20 分钟	李安棣、燕平孝　西安电影制片厂
1973 年	小号手	动画	40 分钟	王树忱、严定宪　上海美术电影制片厂
1973 年	东海小哨兵	剪纸	20 分钟	胡雄华　上海美术电影制片厂
1974 年	带响的弓箭	剪纸	30 分钟	胡进庆　上海美术电影制片厂
1974 年	小八路	木偶	50 分钟	尤磊　上海美术电影制片厂
1975 年	出发之前	剪纸	40 分钟	周克勤、钱家辛　上海美术电影制片厂
1975 年	大潮汛之夜	动画	20 分钟	唐澄、邬强　上海美术电影制片厂
1975 年	渡口	动画	20 分钟	何玉门　上海美术电影制片厂
1975 年	骏马飞腾	木偶	50 分钟	靳夕、刘蕙仪　上海美术电影制片厂
1976 年	长在屋里的竹笋	剪纸	20 分钟	胡进庆、周克勤　上海美术电影制片厂
1976 年	大橹的故事	木偶	60 分钟	尤磊　上海美术电影制片厂
1976 年	金色的大雁	剪纸	50 分钟	特伟、沈祖慰　上海美术电影制片厂
1977 年	芦荡小英雄	剪纸	20 分钟	胡雄华、周克勤　上海美术电影制片厂
1977 年	山羊回了家	剪纸	20 分钟	胡进庆、沈祖慰　上海美术电影制片厂

出版年代	名称	类型或片长		导演或制作单位
1977 年	两只小孔雀	动画	30 分钟	严定宪　上海美术电影制片厂
1977 年	小石柱	动画	80 分钟	王树忱、沈祖慰　上海美术电影制片厂
1978 年	西瓜炮	木偶	50 分钟	靳夕　上海美术电影制片厂
1978 年	狐狸打猎人	剪纸	20 分钟	胡雄华　上海美术电影制片厂
1978 年	象不象	动画	10 分钟	唐澄、邬强　上海美术电影制片厂
1978 年	歌声飞出五指山	木偶	30 分钟	方润南　上海美术电影制片厂
1978 年	奇怪的病号	动画	20 分钟	浦家祥　上海美术电影制片厂
1978 年	小白鸽	动画	20 分钟	矫野松　上海美术电影制片厂
1978 年	画廊一夜	动画	20 分钟	阿达、林文肖　上海美术电影制片厂
1978 年	火红的岩标	木偶	20 分钟	陈正鸿　上海美术电影制片厂
1978 年	两张布告	木偶	30 分钟	章超群　上海美术电影制片厂
1979 年	熊猫百货商店	剪纸	20 分钟	沈祖慰、周克勤　上海美术电影制片厂
1979 年	母鸡搬家	动画	20 分钟	戴铁郎　上海美术电影制片厂
1979 年	愚人买鞋	木偶	10 分钟	方润南　上海美术电影制片厂
1979 年	刺猬背西瓜	剪纸	10 分钟	王柏荣、钱家幸　上海美术电影制片厂
1979 年	哪吒闹海	动画	70 分钟	王树忱、严定宪、徐景达　上海美术电影制片厂
1979 年	奇怪的球赛	木偶	30 分钟	章超群、詹同　上海美术电影制片厂
1979 年	喵呜是谁叫的	木偶	10 分钟	尤磊　上海美术电影制片厂
1979 年	天才杂技演员	木偶	20 分钟	阿曲　上海美术电影制片厂
1979 年	好猫咪咪	动画	20 分钟	何玉门　上海美术电影制片厂
1984—1985 年	金猴降妖	动画	150 分钟	特伟、严定宪、林文肖　上海美术电影制片厂
1986—1987 年	葫芦兄弟	剪纸	130 分钟	胡进庆、葛桂云、周克勤　上海美术电影制片厂
1984—1987 年	黑猫警长	动画	100 分钟	戴铁郎、范马迪、熊南清　上海美术电影制片厂
1986—1987 年	邋遢大王奇遇记	动画	130 分钟	钱运达、严善春、付海龙、胡依红、孙总清　上海美术电影制片厂
1979—1988 年	阿凡提的故事	木偶	330 分钟	曲建方、靳夕、刘蕙仪、蔡渊兰、金芳铃　上海美术电影制片厂
1980 年	八百鞭子	剪纸	20 分钟	葛桂云、周克勤　上海美术电影制片厂
1980 年	黑公鸡	动画	10 分钟	浦家祥　上海美术电影制片厂
1980 年	三只狼	折纸	10 分钟	虞哲光　上海美术电影制片厂
1980 年	小鸭呷呷	折纸	10 分钟	虞哲光　上海美术电影制片厂
1980 年	丁丁战猴王	剪纸	30 分钟	胡进庆　上海美术电影制片厂
1980 年	黑熊奇遇记	木偶	30 分钟	方润南　上海美术电影制片厂
1980 年	我的朋友小海豚	动画	20 分钟	戴铁郎　上海美术电影制片厂
1980 年	老狼请客	动画	10 分钟	阎善春　上海美术电影制片厂
1980 年	雪孩子	动画	20 分钟	林文肖　上海美术电影制片厂
1980 年	吹鼓手	剪纸	20 分钟	金锡林、孙能子　上海美术电影制片厂
1980 年	园园和机器人	木偶	10 分钟	章超群　上海美术电影制片厂
1980 年	小马虎	动画	20 分钟	刘蕙仪　上海美术电影制片厂
1980 年	娇娇的奇遇	动画	20 分钟	矫野松　上海美术电影制片厂
1980 年	张飞审瓜	剪纸	30 分钟	钱运达、葛桂云　上海美术电影制片厂
1980 年	三个和尚	动画	20 分钟	阿达　上海美术电影制片厂
1980 年	这是一首歌	木偶	20 分钟	曲建方　上海美术电影制片厂
1981 年	真假李逵	木偶	20 分钟	詹同　上海美术电影制片厂
1981 年	咕咚来了	剪纸	20 分钟	胡雄华、沈祖慰　上海美术电影制片厂
1981 年	崂山道士	木偶	30 分钟	虞哲光　上海美术电影制片厂
1981 年	猴子捞月	剪纸	10 分钟	周克勤　上海美术电影制片厂

出版年代	名称	类型或片长		导演或制作单位
1981 年	抬驴	剪纸	20 分钟	王柏荣　上海美术电影制片厂
1981 年	善良的夏吾冬	动画	20 分钟	何玉门　上海美术电影制片厂
1981 年	九色鹿	动画	30 分钟	钱家骏、戴铁郎　上海美术电影制片厂
1981 年	人参果	动画	50 分钟	严定宪　上海美术电影制片厂
1981 年	南郭先生	剪纸	20 分钟	熊耕发、钱家骏、王柏荣　上海美术电影制片厂
1981 年	摔香炉	动画	20 分钟	林文肖　上海美术电影制片厂
1981 年	小小机器人	动画	20 分钟	邬强　北京科学教育电影制片厂
1981 年	猫咪的胡子	动画	20 分钟	周树民　北京科学教育电影制片厂
1981 年	龙牙星	木偶	20 分钟	方润南　上海美术电影制片厂
1982 年	蛐蛐	木偶	30 分钟	尤磊　上海美术电影制片厂
1982 年	淘气的金丝猴	剪纸	20 分钟	胡进庆　上海美术电影制片厂
1982 年	曹冲称象	木偶	20 分钟	高尔丰、靳夕、刘蕙仪　上海美术电影制片厂
1982 年	小红脸和小蓝脸	动画	10 分钟	戴铁郎　上海美术电影制片厂
1982 年	小兔淘淘的故事	动画	10 分钟	林文肖、严定宪　上海美术电影制片厂
1982 年	盲女与狐狸	动画	20 分钟	浦家祥　上海美术电影制片厂
1982 年	孔雀的焰火	木偶	20 分钟	吕衡　上海美术电影制片厂
1982 年	纸人国	剪纸	20 分钟	钱家幸　上海美术电影制片厂
1982 年	狐狸送葡萄	剪纸	20 分钟	胡进华　上海美术电影制片厂
1982 年	小熊猫学木匠	剪纸	20 分钟	周克勤　上海美术电影制片厂
1982 年	老虎学艺	动画	20 分钟	矫野松　上海美术电影制片厂
1982 年	狼来了	木偶	20 分钟	夏秉钧　上海美术电影制片厂
1982 年	假如我是武松	木偶	30 分钟	詹同　上海美术电影制片厂
1982 年	画家朱屺瞻	科教	30 分钟	上海美术电影制片厂
1982 年	瓷娃娃	木偶	20 分钟	方润南　上海美术电影制片厂
1982 年	鹿铃	水墨	20 分钟	唐澄、邬强　上海美术电影制片厂
1982 年	王七到此一游	动画		安平　广西电影制片厂
1983 年	鹬蚌相争	剪纸	10 分钟	胡进庆　上海美术电影制片厂
1983 年	蝴蝶泉	动画	30 分钟	阿达、常光希　上海美术电影制片厂
1983 年	钱	动画	20 分钟	熊南清　上海美术电影制片厂
1983 年	老鼠嫁女	剪纸	10 分钟	王柏荣　上海美术电影制片厂
1983 年	过桥	木偶	10 分钟	左容佴　上海美术电影制片厂
1983 年	猴子钓鱼	剪纸	20 分钟	沈祖慰　上海美术电影制片厂
1983 年	天书奇谭	动画	90 分钟	王树忱、钱运达　上海美术电影制片厂
1983 年	看门的黑狗	木偶	20 分钟	章超群　上海美术电影制片厂
1983 年	捉迷藏	剪纸	10 分钟	葛桂云　上海美术电影制片厂
1983 年	小八戒	剪纸	20 分钟	金雪林　上海美术电影制片厂
1983 年	老猪选猫	木偶	20 分钟	夏秉钧、尤磊　上海美术电影制片厂
1983 年	长了腿的芒果	剪纸	20 分钟	周克勤　上海美术电影制片厂
1983 年	小松鼠理发师	动画	10 分钟	浦家祥　上海美术电影制片厂
1983 年	应该靠自己	动画	5 分钟	王柏荣、王刚毅　BTV 动画中心、金熊猫动画公司
1983 年	好呱呱	动画	10 分钟	武隽　辽宁科教电影制片厂
1983 年	奇怪的手	动画	10 分钟	青年电影制片厂
1984 年	快乐的数字	动画	20 分钟	钱家骏　上海美术电影制片厂
1984 年	三十六个字	动画	10 分钟	阿达　上海美术电影制片厂
1984 年	三毛流浪记	动画	40 分钟	阿达、朱康林、熊南清、泮积耀　上海美术电影制片厂
1984 年	石狮子	木偶	30 分钟	詹同、章超群　上海美术电影制片厂
1984 年	小明星	剪纸	20 分钟	沈祖慰　上海美术电影制片厂

出版年代	名称	类型或片长	导演或制作单位
1984 年	除夕的故事	剪纸 20 分钟	钱家幸 上海美术电影制片厂
1984 年	小狐狸	剪纸 20 分钟	葛桂云 上海美术电影制片厂
1984 年	马蜂窝	木偶 10 分钟	方润南 上海美术电影制片厂
1984 年	火童	剪纸 30 分钟	王柏荣 上海美术电影制片厂
1984 年	西岳奇童	木偶 60 分钟	靳夕、刘蕙仪 上海美术电影制片厂
1984 年	悍牛与牧童	动画 10 分钟	陈三伟 北京科学教育电影制片厂
1984 年	熊猫胖胖——怪信	动画 10 分钟	黄磷 中国电视剧制作中心
1984 年	聪明的小兔子——抓老狼	动画 5 分 31 秒	段佳 中国电视剧制作中心
1984 年	林中澡堂	动画 7 分 40 秒	华方方 中国电视剧制作中心
1984 年	聪明的小兔子——救险	动画 8 分 9 秒	段佳 中国电视剧制作中心
1984 年	小熊与小小熊——珍贵礼物	动画 10 分 41 秒	付海龙、杜建国 中国电视剧制作中心
1984 年	小熊与小小熊	动画 12 分 58 秒	敖谨、梅君 中国电视剧制作中心
1984 年	美丽的尾巴	动画 9 分 30 秒	何玉门、段佳 中国电视剧制作中心
1984 年	小熊买西瓜	动画 20 分钟	武隽 辽宁科教电影制片厂
1984 年	贾二卖杏	动画 10 分钟	施仲兴 南京电影制片厂
1984 年	李逵	动画 20 分钟	周生伟 福建电视台
1984 年	熊猫小胖	动画 6 分钟	赵欣 中国电视剧制作中心
1984 年	断尾巴的老鼠	动画 14 分 45 秒	何玉门 中国电视剧制作中心
1985 年	网	动画 10 分钟	严善春 上海美术电影制片厂
1985 年	女娲补天	动画 10 分钟	钱运达 上海美术电影制片厂
1985 年	大扫除	动画 10 分钟	马克萱 上海美术电影制片厂
1985 年	没牙的老虎	动画 20 分钟	浦家祥 上海美术电影制片厂
1985 年	草人	剪纸 10 分钟	胡进庆 上海美术电影制片厂
1985 年	大花和小花	剪纸 20 分钟	金雪林 上海美术电影制片厂
1985 年	夹子救鹿	动画 20 分钟	林文肖、常光希 上海美术电影制片厂
1985 年	金猴降妖	动画 90 分钟	特伟、严定宪、林文肖 上海美术电影制片厂
1985 年	抢枕头	动画 20 分钟	何玉门 上海美术电影制片厂
1985 年	海力布	动画 20 分钟	黄玮 上海美术电影制片厂
1985 年	小蛋壳	动画 20 分钟	熊南清 上海美术电影制片厂
1985 年	水鹿	剪纸 30 分钟	周克勤 上海美术电影制片厂
1985 年	园园的奇怪旅行	木偶 20 分钟	程中岳 上海美术电影制片厂
1985 年	连升三级	木偶 20 分钟	夏秉钧 上海美术电影制片厂
1985 年	巫婆、鳄鱼和小姑娘	折纸 10 分钟	李荣中 上海美术电影制片厂
1985 年	种梨	动画 20 分钟	邬强 北京科学教育电影制片厂
1985 年	老鼠吃大象	动画 17 分 20 秒	沈祖慰 中国电视剧制作中心
1985 年	追	动画 1 分 20 秒	中国电视剧制作中心
1985 年	荡秋千	动画 1 分 30 秒	中国电视剧制作中心
1985 年	奖杯发给谁	动画 20 分钟	武隽 辽宁科教电影制片厂
1985 年	八仙过海	动画	福建电视台
1986 年	新装的门铃	动画 4 分钟	阿达、马克勤 上海美术电影制片厂
1986 年	超级肥皂	动画	马克宣、徐景达 上海美术电影制片厂
1986 年	不怕冷的大衣	动画 10 分钟	林文肖 上海美术电影制片厂
1986 年	一夜富翁	动画 10 分钟	车慧 上海美术电影制片厂
1986 年	小裁缝	木偶 20 分钟	程中岳 上海美术电影制片厂
1986 年	环球旅行记忆卡	动画 15 分钟	陈光明、杨凯华 上海电视台动画制片厂
1986 年	狐假虎威	动画 10 分钟	张信 上海电视台动画制片厂
1986 年	杞人忧天	动画 10 分钟	杨凯华 上海电视台动画制片厂

出版年代	名称	类型或片长	导演或制作单位
1986 年	乐土	动画 40 分钟	刘左峰 北京科学教育电影制片厂
1986 年	熊猫胖胖——空中遇险	动画 11 分 30 秒	王磷 中国电视剧制作中心
1986 年	滚桶车	动画 10 分钟	长春电影制片厂美术片厂
1986 年	三只鸡	动画 10 分钟	段炼 长春电影制片厂美术片厂
1986 年	脱险记	动画 10 分钟	长春电影制片厂美术片厂
1986 年	姜子牙下山	动画	福建电视台
1986 年	成语动画廊	动画 3 分钟	符世深、钟汉超等 深圳翡翠动画设计公司
1987 年	雪狮子	动画 10 分钟	黄玮 上海美术电影制片厂
1987 年	长大尾巴的兔子	动画 10 分钟	何玉门、秦宝宜 上海美术电影制片厂
1987 年	老虎装牙	动画 20 分钟	浦家祥 上海美术电影制片厂
1987 年	妈妈请休息	木偶 20 分钟	刘蕙仪 上海美术电影制片厂
1987 年	有求必应	动画 20 分钟	何玉门 上海美术电影制片厂
1987 年	蚂蚁和大象	动画 10 分钟	范马迪 上海美术电影制片厂
1987 年	聪明小兔	动画 10 分钟	陈光明 上海电视台动画制片厂
1987 年	猴子点鞭炮	动画 10 分钟	张天晓 上海电视台动画制片厂
1987 年	小兔菲菲	动画 10 分钟	马克宣、张天晓 上海电视台动画制片厂
1987 年	越打越响	动画 10 分钟	杨凯 上海电视台动画制片厂
1987 年	小数点大闹整数王国	动画 10 分 7 秒	方澎、吕善 中国电视剧制作中心
1987 年	地藏菩萨与斗笠	动画 19 分 40 秒	李耕、张小安 中国电视剧制作中心
1987 年	AB 现形记	动画 7 分 30 秒	张小安、华方方 中国电视剧制作中心
1987 年	钓鱼	动画 6 分钟	郭兵 中国电视剧制作中心
1987 年	布口袋的秘密	动画 10 分 30 秒	查侃 中国电视剧制作中心
1987 年	我丢了	动画 10 分 59 秒	张小安 中国电视剧制作中心
1987 年	星星梦	动画 10 分钟	段佳 中国电视剧制作中心
1987 年	学步	动画 7 分 40 秒	刘向东 中国电视剧制作中心
1987 年	巧在七中	动画 10 分钟	段炼 长春电影制片厂美术片厂
1987 年	象虎	动画 20 分钟	钟泉 长春电影制片厂美术片厂
1987 年	狗拿耗子	动画 10 分钟	施仲兴 南京电影制片厂
1987 年	小悟空	动画 30 分钟	深圳翡翠动画设计公司
1987 年	青蛙斗老虎	动画 16 分钟	周立志 湖北电视台
1987 年	生命	动画 8 分钟	华北广播电视学校
1987 年	智慧的传说	动画 7 分钟	吉林电视台
1987 年	马头琴	动画 20 分钟	内蒙古电视台
1987 年	寂寥的天空	动画 4 分钟	陈信松、李珍 山西省电化教育
1987 年	长胡子的孩子	动画 11 分钟	四川电视台
1987 年	选美记	动画 10 分钟	王树忱、顾汉昌 上海美术电影制片厂
1987 年	有求必应	动画 20 分钟	何玉门 上海美术电影制片厂
1987 年	飞翔的鸽子	动画 10 分钟	经霞云 上海美术电影制片厂
1988 年	独木桥	动画 10 分钟	王树忱 上海美术电影制片厂
1988 年	山水情	水墨 20 分钟	特伟、阎善春、马克萱 上海美术电影制片厂
1988 年	金币国游记	动画 20 分钟	熊南清 上海美术电影制片厂
1988 年	补票	动画 10 分钟	林文肖 上海美术电影制片厂
1988 年	螳螂捕蝉	动画 5 分钟	胡进庆 上海美术电影制片厂
1988 年	安宁	动画 5 分钟	许庙、胡甜 上海美术电影制片厂
1988 年	孤独的小猪	剪纸 10 分钟	沈祖慰 上海美术电影制片厂
1988 年	强者上钩、追鼠、斗鸡	动画 10 分钟	胡进庆 上海美术电影制片厂
1988 年	皮皮的故事	动画 50 分钟	坚谷、孙总清、秦宝宜 上海美术电影制片厂

出版年代	名称	类型或片长	导演或制作单位
1988 年	不射之射	木偶　30 分钟	川本喜八郎、孙大衡　上海美术电影制片厂
1988 年	蓝骨	木偶　20 分钟	李荣中　上海美术电影制片厂
1988 年	小鹅与红房子	木偶　20 分钟	上海美术电影制片厂
1988 年	鱼	木偶　5 分钟	方润南　上海美术电影制片厂
1988 年	争执	木偶　5 分钟	夏秉钧　上海美术电影制片厂
1988 年	八仙与跳蚤	剪纸　10 分钟	詹同　上海美术电影制片厂
1988 年	粗心和细心	动画　6 分钟	陈光明　上海电视台动画制片厂
1988 年	谁是鱼	动画　6 分钟	龚玉兰　上海电视台动画制片厂
1988 年	十龙贺春	动画　5 分钟	薛梅君、朱义民　中国电视剧制作中心
1988 年	猴子和恶鱼	动画　5 分钟	吴克明　中国电视剧制作中心
1988 年	急中生智	动画　4 分 30 秒	康宝金　中国电视剧制作中心
1988 年	猫和狐狸	动画　2 分 30 秒	李忠良　中国电视剧制作中心
1988 年	猪	动画　4 分 30 秒	蔡子君　中国电视剧制作中心
1988 年	小公鸡下水	动画　10 分钟	中国电视剧制作中心
1988 年	一分钟幽默	动画　1 分钟	陈家奇　中国电视剧制作中心
1988 年	夹赤豹	动画	陈家奇　中国电视剧制作中心
1988 年	会动的画	动画　16 分 13 秒	张小安　中国电视剧制作中心
1988 年	架小桥	动画　9 分 37 秒	查侃　中国电视剧制作中心
1988 年	泼水节的传说	动画　20 分钟	段炼　长春电影制片厂美术片厂
1988 年	鹰	动画　20 分钟	长春电影制片厂美术片厂
1988 年	猫养老鼠	动画　10 分钟	纪清河　辽宁科教电影制片厂
1989 年	森林里的金月亮	动画　20 分钟	张景源　上海美术电影制片厂
1989 年	阿龙和莉莉	动画　10 分钟	孙总清　上海美术电影制片厂
1989 年	小小画家红气球	动画　10 分钟	孙总清、薛梅君　上海美术电影制片厂
1989 年	高女人和矮丈夫	动画　10 分钟	胡依红　上海美术电影制片厂
1989 年	笨狗熊	动画　10 分钟	张景源　上海美术电影制片厂
1989 年	巴拉根仓	动画　40 分钟	乔元正　上海电视台动画制片厂
1989 年	狼犬福克	木偶　10 分钟	瞿永宝　上海电视台动画制片厂
1989 年	我是男子汉	动画　10 分钟	陈光明　上海电视台动画制片厂
1989 年	小熊分饼	动画　10 分钟	杨凯　上海电视台动画制片厂
1989 年	兰花花	动画　20 分钟	李耕　北京科学教育电影制片厂
1989 年	小品集	动画　10 分钟	曹小卉、刘左峰　北京科学教育电影制片厂
1989 年	小兔偷瓜	动画　11 分 30 秒	薛梅君　中国电视剧制作中心
1989 年	看医书	动画　15 分钟	华方方　中国电视剧制作中心
1989 年	马头琴的传说	动画　15 分钟	张小安　中国电视剧制作中心
1989 年	一半儿王国	动画　20 分钟	靳夕　中国电视剧制作中心
1989 年	鲁西西奇遇记	动画　50 分钟	查侃　中国电视剧制作中心
1989 年	小胖变皮球	动画	耿康、殷齐美　中国电视剧制作中心
1989 年	出诊记	动画　20 分钟	钟泉　长春电影制片厂美术片厂
1989 年	鼎	动画　10 分钟	温德斌　长春电影制片厂美术片厂
1989 年	钱	动画　5 分钟	王强　长春电影制片厂美术片厂
1989 年	童心	动画　5 分钟	王刚　长春电影制片厂美术片厂
1989 年	蜗牛上天	动画　5 分钟	段炼　长春电影制片厂美术片厂
1989—1990 年	奇异的蒙古马	动画　60 分钟	常光希　上海美术电影制片厂
1989—1991 年	葫芦小金刚	剪纸　120 分钟	胡进庆、葛桂云、沈祖慰　上海美术电影制片厂
1989—1992 年	舒克和贝塔	动画　260 分钟	严定宪、林文肖、彭戈　上海美术电影制片厂
1990 年	我错了	动画	钱家幸　上海美术电影制片厂

出版年代	名称	类型或片长		导演或制作单位
1990 年	骑牛难下	动画		钱家幸　上海美术电影制片厂
1990 年	一半儿	动画	10 分钟	詹同、陆成法　上海美术电影制片厂
1990 年	种树	动画	10 分钟	浦家祥　上海美术电影制片厂
1990 年	鹿和牛	木偶	10 分钟	邹勤　上海美术电影制片厂
1990 年	小钉子	动画	10 分钟	詹同、沈寿林　上海美术电影制片厂
1990 年	冬天里的小田鼠	木偶	20 分钟	乔元正　上海美术电影制片厂
1990 年	哀溺	动画	10 分钟	冯建男　上海美术电影制片厂
1990 年	森林、小鸟和我	动画	20 分钟	戴铁郎、范马迪　上海美术电影制片厂
1990 年	少年柯雄	动画	10 分钟	乔元正　上海电视台动画制片厂
1990 年	守株待兔	动画	20 分钟	王启中　北京科学教育电影制片厂
1990 年	买马	动画	10 分钟	中央电视台
1990 年	猴子下棋	动画	10 分钟	长春电影制片厂美术片厂
1990 年	牛冤	动画	10 分钟	长春电影制片厂美术片厂
1990 年	雪鹿	动画	10 分钟	王刚　长春电影制片厂美术片厂
1990 年	大盗贼	木偶	80 分钟	方润南、胡兆洪、夏秉钧、程中岳　上海美术电影制片厂
1990 年	孤独的莉里	动画	20 分钟	方润南、薛梅君　上海美术电影制片厂
1990—1994 年	魔方大厦系列	动画	200 分钟	查侃　上海美术电影制片厂
1991 年	伞	动画	5 分钟	严善春　上海美术电影制片厂
1991 年	自作自受	动画	5 分钟	张松林　上海美术电影制片厂
1991 年	冬冬和瓜瓜	动画	10 分钟	蒋友毅　上海美术电影制片厂
1991 年	夜半怪声	剪纸	10 分钟	沈祖慰　上海美术电影制片厂
1991 年	眉间尺	木偶	30 分钟	凌纡　上海美术电影制片厂
1991 年	嘴巴、耳朵和眼睛	动画	10 分钟	江爱群、杨凯华　上海美术电影制片厂
1991 年	镜花缘系列	木偶	80 分钟	胡兆洪、邹勤　上海美术电影制片厂
1991 年	智斗乌鸦	剪纸	10 分钟	胡进庆、吴云初　上海美术电影制片厂
1991 年	快乐的买买提	剪纸	10 分钟	攸扬、沈如东　上海美术电影制片厂
1991 年	公主与樵夫	动画	10 分钟	吴钧　上海电视台动画制片厂
1991 年	少年与雪妖	动画	10 分钟	吴钧　上海电视台动画制片厂
1991 年	扎哇与火种	动画	10 分钟	吴钧　上海电视台动画制片厂
1991 年	织女与猎手	动画	10 分钟	龙路生　上海电视台动画制片厂
1991 年	七色花	动画	10 分钟	曹小卉　北京科学教育电影制片厂
1991 年	果实	动画	10 分钟	贾否　北京科学教育电影制片厂
1991 年	方脸爷爷和圆脸奶奶	动画	10 分钟	贾否　北京科学教育电影制片厂
1991 年	后羿射日	动画	10 分钟	晓宵、晓欧　中央电视台
1991 年	夸父追日	动画	10 分钟	纪清河　中央电视台
1991 年	抬驴	动画	9 分钟	蔡志军　中央电视台
1991 年	金镜	动画	20 分钟	胡军　长春电影制片厂美术片厂
1991 年	魔瓶	动画	10 分钟	段炼　长春电影制片厂美术片厂
1991 年	雁阵	动画	10 分钟	钟泉、王刚　长春电影制片厂美术片厂
1991 年	医生与皇帝	动画	10 分钟	王强　长春电影制片厂美术片厂
1991 年	不听话的狗	动画	20 分钟	曲建方　辽宁科教电影制片厂
1991 年	灰鹤	动画	20 分钟	杨凯　辽宁科教电影制片厂
1991 年	老鼠开会	动画	20 分钟	杨素英　辽宁科教电影制片厂
1991 年	少女与魔鬼	动画	10 分钟	纪清河　辽宁科教电影制片厂
1991 年	猫咪的愿望	动画	10 分钟	白浪　南京电视台
1991 年	蚱蜢与蜗牛	动画	15 分钟	李荣中、史国光　福建电视台
1991 年	猫的故事	动画	30 分钟	曲建方　阿凡提国际动画公司

出版年代	名称	类型或片长		导演或制作单位
1991 年	看戏	动画	3 分钟	浦家祥
1991 年	宝船	动画	16 分钟	河北电视台、中央电视台
1992 年	桥下拾履	木偶	20 分钟	程中岳　上海美术电影制片厂
1992 年	狐狸分饼	剪纸	10 分钟	金雪林　上海美术电影制片厂
1992 年	春天里的小田鼠	木偶	30 分钟	乔元正　上海美术电影制片厂
1992 年	谁怕谁	动画	10 分钟	浦家祥、陆成法　上海美术电影制片厂
1992 年	漠风	动画	10 分钟	阎善春、姚光华　上海美术电影制片厂
1992 年	莲花公主	动画	10 分钟	胡依红　上海美术电影制片厂
1992 年	大气球	剪纸	20 分钟	吴云初　上海美术电影制片厂
1992 年	猫与鼠	剪纸	10 分钟	胡进庆　上海美术电影制片厂
1992 年	十二只蚊子和五个人	动画	10 分钟	马克萱、钱运达　上海美术电影制片厂
1992 年	谁是冠军	动画	20 分钟	王根发、王加世　上海美术电影制片厂
1992 年	怪老头儿	木偶	80 分钟	刘蕙仪　上海美术电影制片厂
1992 年前	历险"不及格"	动画		吴钧　上海电视台动画制片厂
1992 年	鹿角庄	动画		吴钧　上海电视台动画制片厂
1992 年	莫拉战雪妖	动画		吴钧　上海电视台动画制片厂
1992 年	误入"幸福国"	动画		吴钧　上海电视台动画制片厂
1992 年	珠浑哈达的故事	动画		吴钧　上海电视台动画制片厂
1992 年	男汉与宝石	动画	20 分钟	吴钧　上海电视台动画制片厂
1992 年	小林鼠	动画	10 分钟	吴钧　上海电视台动画制片厂
1992 年	麻雀选大王	动画	10 分钟	樊傲霜　北京科学教育电影制片厂
1992 年	魔手套	动画	10 分钟	戴福林、经莉莉　北京科学教育电影制片厂
1992 年	相似	动画	10 分钟	石梅音、经莉莉　北京科学教育电影制片厂
1992 年	好邻居	动画	10 分钟	孙立军　北京科学教育电影制片厂
1992 年	草人	动画	10 分钟	CCTV 辉煌动画公司
1992 年	慈禧坐火车	动画	10 分钟	仲尔、王强　长春电影制片厂美术片厂
1992 年	开店	动画	10 分钟	胡军　长春电影制片厂美术片厂
1992 年	山蟋蟀	动画	10 分钟	曲建方　长春电影制片厂美术片厂
1992 年	阿福	动画	20 分钟	高毅　南京电影制片厂
1992 年	鞋趣宝宝	动画	15 分钟	中英合作
1992—1993 年	特别车队	动画	160 分钟	杨凯华　上海美术电影制片厂
1993 年	小黄鼬的故事	动画	20 分钟	刘书卫　上海美术电影制片厂
1993 年	小和尚	动画	10 分钟	王加世、姚光华　上海美术电影制片厂
1993 年	开心果	剪纸	10 分钟	攸扬、陆松茂　上海美术电影制片厂
1993 年	鹿女	动画	30 分钟	严定宪、林文肖　上海美术电影制片厂
1993 年	大松与小松	动画	10 分钟	龙路生　上海电视台动画制片厂
1993 年	自相矛盾	动画	10 分钟	罗慰　上海电视台动画制片厂
1993 年	卷发的刺猬	动画	1 分钟	王一通　上海东方电视台、上海科学教育电影制片厂
1993 年	三只小狐狸收西瓜	动画	10 分钟	曹小卉　北京科学教育电影制片厂
1993 年	三只小狐狸摘葡萄	动画	10 分钟	赵建华　北京科学教育电影制片厂
1993 年	痴雀	动画	10 分钟	王刚　长春电影制片厂美术片厂
1993 年	沙燕	动画	10 分钟	段炼　长春电影制片厂美术片厂
1993 年	神马	动画	10 分钟	胡军　长春电影制片厂美术片厂
1993 年	黄鼠狼的故事	动画	20 分钟	刘卫书　南京电影制片厂
1993 年	警犬救护队	动画	80 分钟	戴铁郎、戴岱、沈寿林　上海美术电影制片厂
1993—1994 年	红鼻子	木偶	40 分钟	朱冰　上海美术电影制片厂
1993—1994 年	隐身探长	木偶	40 分钟	刘蕙仪　上海美术电影制片厂

出版年代	名称	类型或片长		导演或制作单位
1993—1995 年	十二生肖	动画	130 分钟	沈如东、伍仲文、龚金福　上海美术电影制片厂
1994 年	胡僧	木偶	10 分钟	陆成法　上海美术电影制片厂
1994 年	珍珠泉	动画	30 分钟	王根发　上海美术电影制片厂
1994 年	白蝴蝶	动画	10 分钟	耿康　上海电视台动画制片厂
1994 年	聪明小鸭子	动画	10 分钟	耿康　上海电视台动画制片厂
1994 年	狼和小羊	动画	10 分钟	吴钧　上海电视台动画制片厂
1994 年	香蕉娃	动画	10 分钟	吴钧　上海电视台动画制片厂
1994 年	泳装、合影	动画	10 分钟	崔世昱等　上海东方电视台、上海科学教育电影制片厂
1994 年	三只小狐狸清泉水	动画	10 分钟	温得斌、舒莉娟　北京科学教育电影制片厂
1994 年	三只小狐狸天鹅蛋	动画	10 分钟	赵建华　北京科学教育电影制片厂
1994 年	三只小狐狸越野赛	动画	10 分钟	孙立军　北京科学教育电影制片厂
1994 年	三只小狐狸打水井	动画	10 分钟	王启中　北京科学教育电影制片厂
1994 年	三只小狐狸救豪猪	动画	10 分钟	曹小卉　北京科学教育电影制片厂
1994 年	周处除三害	动画	10 分钟	速达　北京科学教育电影制片厂
1994 年	辣椒先生	动画	20 分钟	曾蓁　北京科学教育电影制片厂
1994 年	白猫	动画	20 分钟	陶欣　长春电影制片厂美术片厂
1994 年	人与神像	动画	10 分钟	王刚　长春电影制片厂美术片厂
1994 年	活宝侦探	动画	22 分钟	中英合作
1994—1998 年	特别车队	动画	80 分钟	杨凯华　上海美术电影制片厂
1995 年	白色的蛋	动画		严定宪　上海美术电影制片厂
1995 年	小狐狸的枪和炮	动画		严定宪　上海美术电影制片厂
1995 年	梨子提琴	动画	10 分钟	严定宪、林文肖　上海美术电影制片厂
1995 年	西游漫记	动画	20 分钟	上海美术电影制片厂
1995 年	丁铃铃	动画	22 分钟	严定宪　上海美术电影制片厂
1995 年	娇娇与晶晶	动画	100 分钟	姚光华　上海美术电影制片厂
1995 年	爱漂亮的老虎	动画	7 分钟	肖刚　上海电视台动画制片厂
1995 年	聪明的狐狸	动画	30 分钟	罗慰　上海电视台动画制片厂
1995 年	火柴与火柴盒	动画	15 分钟	耿康　上海电视台动画制片厂
1995 年	乡下来的老鼠	动画	10 分钟	沈如东　上海电视台动画制片厂
1995 年	哭鼻子大王	动画	10 分钟	严定宪等　上海东方电视台、上海科学教育电影制片厂
1995 年	汪汪探长	动画	7 分钟	王一通　上海东方电视台、上海科学教育电影制片厂
1995 年	大头儿子和小头爸爸	动画	8 分钟	崔世昱　上海东方电视台、上海科学教育电影制片厂
1995 年	雷电	动画	10 分钟	钱家铎　上海东方电视台、上海科学教育电影制片厂
1995 年	卡通娃	动画	130 分钟	秦明亮　北京科学教育电影制片厂
1995 年	没毛狗	动画	10 分钟	陶欣　长春电影制片厂美术片厂
1995 年	千年变	动画	10 分钟	王刚　长春电影制片厂美术片厂
1995 年	舞马	动画	20 分钟	王刚　长春电影制片厂美术片厂
1995 年	小鸟	动画	10 分钟	晓欧　长春电影制片厂美术片厂
1995—1996 年	自古英雄出少年	动画	505 分钟	上海美术电影制片厂
1996 年	倔强的凯拉班	木偶	80 分钟	胡兆洪　上海美术电影制片厂
1996 年	天堂乐园	动画	20 分钟	上海美术电影制片厂
1996 年	百鸟衣	动画	20 分钟	陆成法　上海美术电影制片厂
1996 年	日月潭	动画	20 分钟	上海美术电影制片厂
1996 年	博士娃斗变色龙	动画	10 分钟	严定宪、林文肖　上海美术电影制片厂
1996 年	神马与腰刀	动画	20 分钟	上海美术电影制片厂
1996 年	南瓜车	动画	5 分钟	阎善春、姚光华　上海美术电影制片厂
1996 年	蜗牛过生日	动画	5 分钟	阎善春　上海美术电影制片厂

出版年代	名称	类型或片长	导演或制作单位
1996 年	冰淇淋太阳	动画 5 分钟	严定宪、林文肖　上海美术电影制片厂
1996 年	小松鼠月亮	动画 5 分钟	严定宪、林文肖　上海美术电影制片厂
1996 年	春天里的歌	动画 10 分钟	严定宪、林文肖　上海美术电影制片厂
1996 年	小贝一家	电视 130 分钟	胡依红　上海美术电影制片厂
1996 年	小鸽子	动画 10 分钟	周一愚　上海东方电视台、上海科学教育电影制片厂
1996 年	龙卷风	动画 10 分钟	崔世昱　上海东方电视台、上海科学教育电影制片厂
1996 年	奇奇漂游记	动画 12 分钟	曹小卉、秦明亮、樊傲霜、贾否　北京科学教育电影制片厂
1996 年	鲁彪与小猫	动画 10 分钟	刘积昆　北京科学教育电影制片厂
1996 年	小猪哼哼	动画 10 分钟	佳祺　中央电视台、山东富丽动画制作中心
1996 年	开心街	动画 10 分钟	中央电视台、上海迪尔文化发展公司
1996 年	电子将军	动画 5 分钟	曾伟京　北京电视台青少部
1996 年	兔儿爷	动画 20 分钟	孙哲　BTV 动画中心
1996 年	大草原上的小老鼠	动画 10 分钟	中美合作
1996 年	玩具星	动画 22 分钟	中美合作
1996 年	说禅	动画 10 分钟	北京地厚电脑地画公司
1996 年	熊猫京京	动画 20 分钟	北京金熊猫动画公司
1996 年	中华五千年	动画 20 分钟	中华五千年动画文化工程促进会
1996—1997 年	快乐家家车	动画 506 分钟	王加世　上海美术电影制片厂
1997 年	金刚哪吒	动画 110 分钟	王根发　上海美术电影制片厂
1997 年	小猪系列	剪纸 88 分钟	上海美术电影制片厂
1997 年	马头琴的故事	动画 20 分钟	方润南　上海美术电影制片厂
1997 年	神笛	动画 20 分钟	沈寿林　上海美术电影制片厂
1997 年	妖树与松鼠	动画 20 分钟	阎善春、薛梅君　上海美术电影制片厂
1997 年	白雪公主与青蛙王子	剪纸 80 分钟	钱运达　上海美术电影制片厂
1997 年	蝶双飞	剪纸 5 分钟	吴云初、木朵　上海美术电影制片厂
1997 年	环游地球八十天	木偶 80 分钟	胡兆洪　上海美术电影制片厂
1997 年	鹤的传说	动画 20 分钟	严定宪、林文肖　上海美术电影制片厂
1997 年	牙刷家族	动画 80 分钟	范本新、彭戈、陈令长　上海美术电影制片厂
1997 年	芝麻街	动画、木偶、剪纸 70 分钟	胡依红　上海美术电影制片厂
1997 年	哈哈镜花缘	动画 20 分钟	中央电视台
1997 年	太阳之子	动画 10 分钟	阎善春　CCTV 辉煌动画公司、中山威力集团
1997 年	济公的鞋	动画 3 分钟	阎善春　上海特伟动画设计公司
1997 年	互助	动画 25 分钟	姚光华　上海特伟动画设计公司
1997 年	困惑	动画 3 分钟	王立平　上海特伟动画设计公司
1997 年	意识更新	动画 15 分钟	阎善春　上海特伟动画设计公司
1997 年	热心过度	动画 15 分钟	胡进庆　上海特伟动画设计公司
1997 年	1 的旅程	动画 10 分钟	曾伟京、方博　北京电视台青少部
1997 年	毛毛与乐乐	动画 5 分钟	孙铁峰　北京电视台青少部
1997 年	小熊笨笨的故事	动画 5 分钟	屠斌　北京电视台青少部
1997 年	傻鸭子欧巴儿	动画 5 分钟	陈士宏、曹小卉　北京电视台青少部
1997 年	摄影师伟伟	动画 1 分钟	王建　北京电视台青少部
1997 年	查查先生	动画 5 分钟	赵刚　北京电视台青少部
1997 年	铅笔骑士和橡皮大盗	动画 5 分钟	王建　北京电视台青少部
1997 年	阿标正传	动画 13 分钟	中德合作
1997 年	水上篮球赛	动画 10 分钟	沈寿林　上海美术电影制片厂
1997—1998 年	大红鹰	动画 293 分钟	陆成法　上海美术电影制片厂

出版年代	名称	类型或片长		导演或制作单位
1997—1998 年	猩猩探长	动画	110 分钟	金锡林　上海美术电影制片厂
	中国十佳少年	动画	10 分钟	吴钧　大连电视台
1998 年	库尔勒香梨	动画	20 分钟	冯建男　上海美术电影制片厂
1998 年	火把节	动画	20 分钟	伍仲文　上海美术电影制片厂
1998 年	泼水节	动画	20 分钟	查侃　上海美术电影制片厂
1998 年	红石峰	动画	20 分钟	攸扬　上海美术电影制片厂
1998 年	雪狐	剪纸	5 分钟	胡进庆、吴云初　上海美术电影制片厂
1998 年	登月之旅	木偶	80 分钟	胡兆洪　上海美术电影制片厂
1998 年	牛牛和西西	动画	88 分钟	范马迪　上海美术电影制片厂
1998 年	封神榜传奇	动画	165 分钟	王根发　上海美术电影制片厂
1998 年	太空饭店	动画	200 分钟	严定宪、林文肖　上海美术电影制片厂
1998 年	咕噜先生	动画	286 分钟	胡依红　上海美术电影制片厂
1998 年	小猪系列	剪纸	55 分钟	吴云初、沈如东　上海美术电影制片厂
1998 年	哪吒与钛星人	动画	336 分钟	乔正元　上海美术电影制片厂
1998 年	十三号地门	动画	20 分钟	张纪平　上海美术电影制片厂
1998 年	番茄酱	动画	130 分钟	陈玉清、陈令长　上海美术电影制片厂
1998 年	知识老人	动画	6 分钟	崔世昱　上海东方电视台、上海科学教育电影制片厂
1998 年	蚁王火柴头	动画	11 分钟	赵叔桂、周一愚　上海东方电视台、上海科学教育电影制片厂
1998 年	小老虎康康	动画	11 分钟	王一通　上海东方电视台、上海科学教育电影制片厂
1998 年	小精灵灰豆	动画	10 分钟	刘积昆　北京科学教育电影制片厂
1998 年	小仙女	动画	10 分钟	中央电视台
1998 年	中华传说美德故事	动画	22 分钟	李建平　中央电视台
1998 年	小糊涂神	动画	20 分钟	中央电视台、日中天动画公司
1998 年	蓝皮鼠和大脸猫	动画	10 分钟	中央电视台、深圳翡翠动画制作公司
1998 年	"辉煌童年"卡拉 OK 动画片	动画	3 分钟	周凤英　辉煌动画公司
1998 年	神脑聪仔	动画	20 分钟	何云　长春蒲公英动画制作中心
1998 年	怎么来的	动画	5 分钟	集体　北京电视台青少部
1998 年	万万千千为什么	动画	5 分钟	孙力峰　北京电视台青少部
1998 年	学问猫教汉字	动画	10 分钟	王川、武寒青　北京电视台青少部
1998 年	京娃儿和兔儿爷	动画	100 分钟	王柏荣、王刚毅　北京电视台动画中心
1998 年	三头鸟	动画	20 分钟	王柏荣　南京电视台
1998 年	小孙悟空	动画	10 分钟	北京冠英动画公司
1998 年	海尔兄弟	动画	10 分钟	刘左峰　北京红叶广告公司
1998 年	刘三字经	动画	10 分钟	钟耀庭、孟军　广东泛彩动画制作公司
1999 年	捣蛋和顽皮	动画	11 分钟	熊南清　上海东方电视台、上海科学教育电影制片厂
1999 年	钟点父子	动画	11 分钟	周一愚　上海东方电视台、上海科学教育电影制片厂
1999 年	小贝流浪记	动画	22 分钟	曹小卉、江左亚、张蓝等　北京科学教育电影制片厂
1999 年	音乐船	动画	12 分钟	秦明亮、刘积昆等　北京科学教育电影制片厂
1999 年	西游记	动画	22 分钟	方润南　中央电视台
1999 年	月亮街	动画	10 分钟	李捷　中央电视台
1999 年	形同虚设	动画	1 分钟	阎善春、姚光华、顾子易　上海特伟动画设计公司
1999 年	红毛头和蓝毛头	动画	5 分钟	何明　北京电视台青少部
1999 年	石榴子	动画	5 分钟	曾伟京　北京电视台青少部
1999 年	电脑探秘	动画	5 分钟	常伟力　北京电视台青少部
1999 年	小鹰传奇	动画	5 分钟	任世焦　北京电视台青少部

出版年代	名称	类型或片长	导演或作单位
1999 年	的笃小和尚	动画　10 分钟	曾伟京　北京电视台青少部
1999 年	霹雳贝贝	动画　10 分钟	胡浩　北京电视台青少部
1999 年	恐龙学校	动画　5 分钟	常伟力　北京电视台青少部
1999 年	谁对谁不对	动画　2 分钟	冯焕斌　北京电视台青少部
1999 年	宝莲灯	动画　85 分钟	常光希　上海美术电影制片厂
1999 年	咕噜先生	动画　520 分钟	胡依红　上海美术电影制片厂
1999 年	灭妖记	动画　20 分钟	何玉门、庄敏瑾　上海美术电影制片厂
1999 年	三十六计奇遇记	动画　22 分钟	沈寿林　上海美术电影制片厂
1999 年	小草帽	动画　130 分钟	杨凯华　上海美术电影制片厂
1999 年	猫咪小贝	动画　90 分钟	曹小卉　上海美术电影制片厂
1999 年	邻里之间	动画　1 分钟	阎善春、姚光华、顾子易　上海特伟动画设计公司
1999 年	七棵树	动画　1 分钟	阎善春、姚光华、顾子易　上海特伟动画设计公司
1999 年	谁是盲人	动画　1 分钟	阎善春、姚光华、顾子易　上海特伟动画设计公司
1999 年	走出家教误区	动画　1 分钟	阎善春、姚光华、顾子易　上海特伟动画设计公司
1999 年	十字街头	动画　1 分钟	阎善春、姚光华、顾子易　上海特伟动画设计公司
1999 年	"小劳模"？"小皇帝"	动画　1 分钟	阎善春、姚光华、顾子易　上海特伟动画设计公司
1999 年	制假、贩假　法理不容	动画　1 分钟	阎善春、姚光华、顾子易　上海特伟动画设计公司
2000 年	鸭子探长	动画	上海美术电影制片厂
2000 年	不要说出这个秘密	真人／三维动画电影	上海美术电影制片厂
2000 年	可可的魔伞	真人动画　85 分钟	彭小莲　上海美术电影制片厂、上海动画影视（集团）公司
2000 年	应该靠自己	动画	上海动画影视（集团）公司
2000 年	新少年黄飞鸿	动画	广州统一影视数码特效制作中心
2001 年	封神榜传奇	动画	王根发　上海美术电影制片厂
2001 年	我为歌狂	动画　1144 分钟	上海美术电影制片厂
2001 年	麦兜故事	动画	袁建滔　Bliss Distribution Ltd.
2001 年	哎哟妈妈	动画　20 分钟	上海动画影视（集团）公司
2001 年	雏鹰在行动	动画　13 分钟	上海动画影视（集团）公司
2001 年	风尘小游侠	动画　572 分钟	上海美术电影制片厂
2001 年	怪城奇遇记	动画　14 分钟	上海动画影视（集团）公司
2001 年	红孩儿传奇	动画　572 分钟	上海美术电影制片厂
2001 年	家有开心果	动画　26 分钟	上海动画影视（集团）公司
2001 年	牛牛和西西	动画　143 分钟	上海美术电影制片厂
2001 年	气球上的五星期	木偶　80 分 21 秒	上海美术电影制片厂
2001 年	小草帽	动画　26 分钟	上海动画影视（集团）公司
2001 年	小和尚	动画　572 分钟	上海动画影视（集团）公司
2001 年	猩猩探长	动画　143 分钟	上海美术电影制片厂
2001 年	钟点父子	动画　286 分钟	上海美术电影制片厂
2002 年	魔鬼芯片	剪纸　572 分钟	上海美术电影制片厂
2002 年	白玉堂	木偶　1144 分钟	上海美术电影制片厂
2002 年	财宝小狐狸	动画　143 分钟	上海美术电影制片厂
2002 年	飞龙天降	动画　286 分钟	上海美术电影制片厂
2002 年	土红色的骆驼	动画　312 分钟	上海美术电影制片厂
2002 年	西游漫记	动画　1144 分钟	上海美术电影制片厂
2002 年	圣剑	动画	上海美术电影制片厂
2002 年	谁的丈夫离得最远	动画	上海美术电影制片厂

出版年代	名称	类型或片长		导演或制作单位
2002 年	回想	动画		上海美术电影制片厂
2002 年	小乐子	动画		上海美术电影制片厂
2003 年	蝴蝶梦——梁山伯与祝英台	动画		蔡明钦　上海美术电影制片厂、台湾中影公司
2003 年	Q 版三国	动画		广州统一影视数码特效制作中心
2003 年	没头脑和不高兴	动画	572 分钟	上海美术电影制片厂
2003 年	超级球迷	动画	208 分钟	上海美术电影制片厂
2003 年	水浒英雄秀	动画	143 分钟	上海美术电影制片厂
2003 年	大英雄狄青	动画	1144 分钟	上海美术电影制片厂
2003 年	隋唐英雄传	动画	1144 分钟	上海美术电影制片厂
2003 年	白鸽岛	动画	1144 分钟	上海美术电影制片厂
2003 年	哪吒传奇	动画		蔡志军、陈家奇、张族权　中央电视台
2003 年	可可可心一家人	动画		中央电视台
2004 年	麦兜菠萝油王子	动画		袁建滔　Bliss Distribution Ltd.
2004 年	天才发明家	动画	624 分钟	上海美术电影制片厂
2004 年	中华美德	动画	1100 分钟	上海美术电影制片厂
2004 年	淘气的小伙伴	动画	624 分钟	上海美术电影制片厂
2004 年	魔力画板	动画	286 分钟	上海美术电影制片厂
2004 年	小鼠一家亲	动画	858 分钟	上海美术电影制片厂
2004 年	二十六个秘密	动画	572 分钟	上海美术电影制片厂
2004 年	BRAVO 东东	动画	1144 分钟	上海美术电影制片厂
2004 年	魔笛奇遇记	动画		中央电视台
2005 年	蔬菜宝宝	3D 动画		北京第五映象空间动画制作有限公司
2005 年	勇闯天下	动画		傅燕、陈钺晖　广州统一影视数码特效制作中心
2005 年	大头儿子小头爸爸第二部	动画		中国国际电视总公司
2005 年	游击神兵	动画		上海意象数码科技有限公司
2005 年	金丝猴神游属相王国	动画		杭州东方国龙影视动画有限公司
2005 年	快乐东西	动画		北京卡醒动画卫视、北京其欣然影视文化传播有限公司
2005 年	小小律师	动画		广西接力出版社、江苏鸿鹰动画制作公司
2005 年	天眼小神童	动画		浙江中南集团卡通影视有限公司
2005 年	童话动物园	动画		杭州时零影视文化传播有限公司
2005 年	色拉英语乐园	动画		上海文广新闻传媒集团、上海幻维数码影视有限公司
2005 年	小恐龙寻根历险记	动画		广东南方自然博物园有限公司
2005 年	反斗猫与俏皮狗	动画	150 分钟	广东安利伟影视制作有限公司
2005 年	虫虫	动画		上海文广新闻传媒集团、北京东泽云祥文化发展有限公司
2005 年	唐诗故事	动画		中央电视台动画部
2005 年	顽童时代	动画		北京电视台
2005 年	大英雄狄青	动画		上海美术电影制片厂、上海文广新闻传媒集团
2005 年	大耳朵图图	动画		速达　上海美术电影制片厂、上海文广新闻传媒集团
2005 年	金丝猴神游属相王国	动画		杭州东方国龙影视动画有限公司
2005 年	蓝猫淘气 3000 问之运动系列	动画		湖南三辰卡通集团有限公司
2005 年	蓝猫淘气 3000 问之航空系列	动画		湖南三辰卡通集团有限公司
2005 年	宝贝女儿好妈妈	动画		广东原创动力文化传播有限公司
2005 年	神探威威猫第三部	动画		广东爱威文化发展有限公司
2005 年	十天学会 ABC	动画		广东咏声唱片制作有限公司

出版年代	名称	类型或片长	导演或制作单位
2005 年	围棋少年	动画	中央电视台青少中心动画部
2005 年	五子说	动画	中央电视台青少中心动画部
2005 年	中华美德	动画	上海美术电影制片厂
2005 年	中国民间传说故事·济公	动画	杭州盛世龙吟数码科技有限公司
2005 年	天降小子	动画	湖南哆咪七彩影视文化传播有限公司
2005 年	虹猫蓝兔总动员	动画	湖南宏梦卡通传播有限公司
2005 年	虹猫蓝兔小幽默	动画	湖南宏梦卡通传播有限公司
2005 年	名生博士	动画	北京名生天元文化传播有限公司
2005 年	东东	动画	上海美术电影制片厂
2005 年	四辈儿	动画	天津电影制片厂、天津电视台、北京电影学院动画学院
2005 年	小虎还乡	动画	中央电视台青少中心动画部
2005 年	梦里人	动画	中央电视台青少中心动画部
2005 年	黑客狙击手	动画	中央电视台青少中心动画部
2005 年	游击神兵	动画	上海录像公司
2005 年	环保剑	动画	杭州智慧动画制作有限公司
2005 年	科学常识宝葫芦	动画	广东咏声唱片制作有限公司
2005 年	Q 城宝贝	动画	南方影视节目联合制作中心
2005 年	蓝猫快乐活动幼儿园	动画	三辰卡通集团有限公司
2005 年	咪咪羊	动画	长沙盈博数码科技发展有限公司、湖南金鹰卡通频道
2005 年	智谋家族	动画	广州达利影视文化传播中心有限公司
2005 年	喜羊羊与灰太狼	动画	广东原创动力文化传播有限公司
2005 年	天上掉下个猪八戒	动画	江通动画股份有限公司
2006 年	春田花花中华博物馆 麦兜动画	动画	香港电台
2006 年	抗日小奇兵	动画	杭州小奇兵卡通影视有限公司、温州电视剧制作中心
2006 年	精灵世纪	动画	国际文化交流音像出版社、北京龙马世纪国际文化有限公司
2006 年	东方神娃	动画	无锡电视台、江苏省广播电视总台、江苏盛世影视文化有限公司、无锡天龙动画有限公司
2006 年	精灵酷小贝	动画	上海上工电视制作中心、北京幻像港动画设计制作有限责任公司
2006 年	中国男孩	动画	湖南宏梦卡通传播有限公司
2006 年	八仙寻宝记	动画	北京电视台
2006 年	巴布熊猫	动画	珠海市火车头设计制作有限公司
2006 年	快乐小勇士	动画	中央电视台青少中心动画部
2006 年	马兰花	动画	中央电视台青少中心动画部
2006 年	帽儿山的鬼子兵	首部抗日三维动画	黑龙江新洋科技有限公司
2006 年	小康康	动画	上海录像影视公司
2006 年	奥运知识大百科	动画	安徽省九如影视文化传播有限公司
2006 年	憨八龟的故事	三维动画	深圳市唐人动画影业有限公司
2006 年	既鸣	动画 32 分钟	浙江省影视制作公司、杭州龙纪影视传媒有限公司
2006 年	花枝的故事	动画	湖南宏梦卡通传播有限公司
2006 年	奇奇颗颗历险记	动画	湖南宏梦卡通传播有限公司
2006 年	青青号	动画	湖南三辰卡通集团有限公司
2006 年	王家四宝	动画	常州天影永乐动画有限公司
2006 年	猪猪侠	动画	广东咏声唱片制作有限公司
2006 年	老夫子	动画	深圳方块动漫画文化发展有限公司

出版年代	名称	类型或片长	导演或制作单位
2006 年	乌兰·其其格	动画　572 分钟	中央电视台
2006 年	诗歌训练营	动画	重庆原典文化传播有限责任公司、北京华奥七频文化发展公司
2006 年	顽皮东东	动画	陕西东方映画传媒有限责任公司
2006 年	小鲤鱼历险记	动画	张族全、扬子岚　中央电视台青少中心动画部
2006 年	古语新说	动画	深圳市方块动漫文化发展有限公司
2006 年	尾巴梦幻曲	动画	无锡电视台、无锡雪豹十月数码动画制作有限公司
2006 年	嘟嘟宝	动画	杭州时空影视文化传播有限公司
2006 年	魔魔岛	动画	上海卡通影视广告公司
2006 年	三毛	动画	王柏荣　北京辉煌动画公司
2006 年	春田花花同学会	动画	袁建滔　Bliss Distribution Ltd.
2006 年	魔盒与歌声	动画	重庆享弘数字影视有限公司
2006 年	渴望蓝天	动画	中央电视台（中央电视台青少中心动画部）
2006 年	肥猫瘦狗精灵鼠	3D 动画	中央电视台（中央电视台青少中心动画部）
2006 年	西岳奇童	木偶电影	胡兆洪　上海美术电影制片厂
2006 年	虹猫蓝兔七侠传	第一部中华传统武侠动画	王宏　湖南宏梦卡通传播有限公司
2007 年	海贝贝	动画	上海文广新闻传媒集团
2007 年	福娃	动画	中央电视台动画有限公司、深圳凤凰星影视传媒有限公司
2007 年	福娃五连环	体育幽默动画	中央电视台、中国传媒大学、上海惠思奇多媒体动画有限公司
2007 年	福娃奥运漫游记	动画	曾伟京　北京电视台、北京卡酷动画卫视
2007 年	美德花园（嘿！星星狐）	动画	厦门青鸟动画有限公司
2007 年	五子说（全篇为五部分——《庄子说》《老子说》《孟子说》《孔子说》《孙子说》）	动画	中央电视台青少年中心动画部
2007 年	大耳朵图图历险记	动画	速达　上海美术电影制片厂
2007 年	大山里的红小鬼	动画	南京广播电视台、南京欧亚文化传播有限公司
2007 年	蓝猫淘气 3000 问之平安出行	动画	湖南三辰卡通集团有限公司
2007 年	消防大本营	动画	湖南三辰卡通集团有限公司
2007 年	丛林奇遇	动画	常州宏梦卡通制作有限公司、常州国家动画产业基地
2007 年	福娃娃开心游记	动画	哈尔滨电视台、沈阳福娃娃影视动画有限公司
2007 年	阿左阿右	动画	北京东方万象文化有限公司
2007 年	果冻宝贝	动画	南方影视节目联合制作中心、广州蓝弧文化传播有限公司
2007 年	哈皮父子	动画	无锡哈皮动画有限公司
2007 年	老呆和小呆	动画	上海录像影视公司、上海拾荒动画设计有限公司
2007 年	火星娃勇闯魔晶岛	动画	杭州神笔动画制作有限公司
2007 年	球嘎子	动画	杭州东方国龙影视动画有限公司
2007 年	戏曲动画集粹	动画	杭州时空影视文化传播有限公司、中国美术学院
2007 年	四个超级插班生	动画	常州天影永乐动画有限公司
2007 年	星际飙车王	动画	浙江中南卡通数字娱乐有限公司
2007 年	露露与猪猪	动画	云南千溪影视有限公司、北京新坐标文化传播有限公司
2007 年	三毛 三毛从军记 三毛旅行记	动画	王柏荣　北京辉煌动画公司、中央电视台动画有限公司
2007 年	寓言新一族	动画	中央电视台

后记

我说

感谢熊志新先生、吕亚琴女士、刘国兰女士。

感谢"月老"李小朴师哥，牵了一条我和动画编剧的红线。

感谢陈向农导演、魏星导演、来栋敏导演、张跃老师给予了因初涉动画领域而惴惴的我很多指导和帮助。

感谢《寓言新一族》，让我的名字第一次出现在中央电视台的荧屏上。

感谢"三只熊动画工作室"（另两只熊分别是杨莺歌和帐篷），我们的口号是——为中华动画崛起而创作。

感谢恩师郑雅玲，让我这个东北人去了东京和北京。

感谢衡晓阳先生和高晓斌先生，创作《阿左阿右》是我最愉快、最难忘和最重要的经历。

感谢赵劲导演和《开心小镇》。

感谢杨莺歌、张鹏、曹娟、段婷婷、李铁成、彭可、钱晶晶、曹琳、吴必优、简爱等为中国动画事业作出重大贡献的编剧们。

感谢王守平老师、李波老师、石献琮老师、常佶老师、王锦洪老师、张渊老师、李良箫老师、于静宜老师、张乃中老师、闫妍老师、夏永刚老师。

感谢高宇、周宇、尚立志。

感谢辽宁美术出版社范文南社长、彭伟哲主任、光辉老师、编辑孙琳及其他同仁。

大连工业大学艺术设计学院　熊　涛

2013 年 6 月 15 日